Rolf K. Regelmann
Kreta, ich komme
Episoden

Über den Autor:

Rolf K. Regelmann ist am Bodensee geboren und lebt dort. Er hat studiert und ist bereits älter. Eine Krankheit hat sein Leben von Grund auf verändert.

Kontakt zum Autor: 33xbuddha@gmx-topmail.de

Vom Autor sind im selben Verlag erschienen:
„**Der Wanderer von Nisyros**" (2021), ISBN 978-3754321508
„**Der Seckel mit seinem Kanarienvogel**" (2024),
 ISBN 978-3758363436

Rolf K. Regelmann

KRETA, ICH KOMME

EPISODEN

Bibliografische Information der Deutschen Nationalbibliothek:
Die Deutsche Nationalbibliothek verzeichnet diese Publikation
in der Deutschen Nationalbibliografie; detaillierte
bibliografische Daten sind im Internet über http://dnb.dnb.de
abrufbar.

Verlag: BoD · Books on Demand GmbH, In de Tarpen 42,
22848 Norderstedt
Druck: Libri Plureos GmbH, Friedensallee 273,
22763 Hamburg

ISBN: 978-3-7693-1635-3

Inhaltsverzeichnis

I

Prolog

*„Die Seele des Menschen ist unsterblich und ihre Zukunft
liegt in der Ewigkeit."*

- Platon

O Mann ... es ist wieder einer dieser Abende, an denen ich mich am liebsten nach Griechenland - vorzugsweise eine der Inseln des Landes - teleportieren möchte. Ganz unauffällig, schwupps, einfach weg.

Im TV spricht ein deutscher Politiker davon, dass man die „stille Reserve" an Arbeitskräften aktivieren müsse - Rentner und Hausfrauen, Behinderte und Kranke. Alle müssten wieder lernen, mehr zu arbeiten.

So weit, so gut. Da hätte ich noch eine Spitzenidee, für den Fall, dass diese Reserve nicht ausreichen sollte: Auf den deutschen Friedhöfen liegen - im wahrsten Sinne des Wortes - Unmengen fauler Säcke, die sich nützlich machen könnten.

Doch von der Polemik zum Ernst: Was mich tagtäglich umtreibt, ist die Angst, Griechenland, seine Inseln und vor allem Kreta zu verpassen. Es gibt kaum etwas Unsinnigeres, als bis 67 zu schuften, um es danach „krachen" lassen zu wollen. Die Tragik liegt darin, diesen Zeitpunkt zu verpassen - sei es durch Krankheit oder, schlimmer noch, weil man bereits tot ist. Und dass einer dieser beiden Umstände bis dahin eintritt, ist unterm Strich ziemlich wahrscheinlich.

In der stillen Morgendämmerung, wenn die ersten Sonnenstrahlen über die weißen Gipfel des Psiloritis gleiten und das Ägäische Meer in tausend schimmernden Facetten erleuchten, scheint die Zeit selbst innezuhalten. Auf dieser Insel, wo die

Mythen und Geschichten noch zwischen den alten, knorrigen Bäumen flüstern, ticken die Uhren anders. Hier läuft das Leben nicht im gehetzten Rhythmus der Großstädte, sondern im Herzschlag der Erde, im Rauschen der Pinien, im Lied der Zikaden.

Doch Kreta ist nicht nur eine Insel, die in der Vergangenheit verharrt. Die Bewohner, deren Hände gezeichnet sind von Sonne und Arbeit, schmieden Pläne, die sich zwischen den alten Steinmauern und den weiten Hainen entfalten. Zwischen den gewundenen Gassen Heraklions und den uralten Klöstern verbirgt sich ein Geist, der zugleich das Alte bewahrt und das Neue umarmt. Tradition und Fortschritt tanzen hier wie ein Paar in vertrauter Harmonie.

Die Jugend, die noch immer mit den Geschichten des Minotaurus und den Sagen des Zeus aufwächst, trägt den Samen der Zukunft in sich. Sie ist stolz auf ihre Wurzeln. In den Cafés, die den Blick auf das unendliche Blau freigeben - ob auf das Meer oder den Himmel - hört man sie über Visionen sprechen, die weit über das hinausreichen, was ihre Vorfahren je zu träumen wagten. Sie basteln an nachhaltigen Projekten, beleben die Landwirtschaft mit moderner Technik und finden Wege, das reiche Erbe der Insel in ein neues Zeitalter zu führen.

Neue Technologien blühen auf, und Initiativen zur Förderung erneuerbarer Energien sprießen aus dem Boden. Junge Unternehmer und alte Handwerksmeister arbeiten zusammen, um das traditionelle Wissen mit innovativen Methoden zu verbinden. Sie sorgen dafür, dass die lokale Wirtschaft floriert. Die alten Märkte werden zu Orten der Begegnung zwischen Geschichte und Moderne, wo lokale Produkte mit neuen Ideen verschmelzen.

Alles im Rahmen, alles überschaubar. Und wer darauf keine Lust hat, findet trotzdem seinen Rückzugsort auf der Insel, wo man in Ruhe gelassen wird. Und manchmal, eigentlich sehr oft, bleibt es bei Visionen und Diskussionen. In diesem Fall agieren die jungen Kreter pragmatisch: Sie hatten eine gute Zeit, sind zusammengesessen, schmiedeten Pläne unter freiem Himmel, bei Kaffee und Raki.

Doch das Erbe Kretas ist mehr. Es schützt und leitet zugleich. Die alten Rituale, das Klirren der Gläser beim Ruf „Yamas!", die Tänze, die bis tief in die Nacht zwischen den Tischen der Dorffeste aufgeführt werden - all das bewahrt die Seele der Insel. Und so, während Kreta sich in die Zukunft bewegt, bleibt es sich treu. Die Zeit mag kommen und gehen, doch hier wird sie immer eine Verbündete sein, eine Melodie, die im Gleichklang mit der unerschütterlichen Identität der Insel spielt.

Werte und Traditionen, Geschichten, Bräuche und Sprache ... Kreta versucht zu bewahren, was in vielen Ländern, wie hier bei uns in Mitteleuropa, der Rationalität, der Ökonomie und dem Fortschritt geopfert wird. Das Gefühl der Zusammengehörigkeit unter den Menschen geht immer mehr verloren.

Die Gesellschaft wird fragmentiert, sozialer Zusammenhalt und Selbstwertgefühl schwinden. Der Verlust von Sprache, das Ersetzen eigener Werte durch fremde Vorstellungen, erschweren den Zugang zum kulturellen Erbe. Konflikte und politische Instabilität sind so vorprogrammiert. Der Staat schreitet ein, versucht den chaotischen Lauf der Dinge zu kanalisieren, Aufgaben zu institutionalisieren.

Und nicht zuletzt - die Homogenisierung durch Angleichung an globalistische Einflüsse macht vieles austauschbar ... es sind in Wahrheit doch die regionalen, kulturellen Unterschiede, die wir lieben, die uns reizen, die die Entdeckerlust in uns wecken, die das Leben interessant machen.

Man müsse „halt" mit der Zeit und der politischen und technologischen Entwicklung Schritt halten, wird gesagt. Und das genau ist der Dreh- und Angelpunkt: Fortschritt wird landläufig ausschließlich als der technologische verstanden. Unter diesem Aspekt hat sich die Menschheit zugegeben enorm weiterentwickelt. Doch in den Bereichen Menschlichkeit und Menschenwürde offenbar so gut wie gar nicht. Machtinteressen und Gier verhindern eine Befriedung im Zweifel immer wieder. Man will Menschen zum Mars schicken, schlachtet aber seinesgleichen auf der Erde ab.

Trotzdem: Vielleicht stürzt der, der langsamer geht, nicht so schnell über die Klippen. Und Griechenland, speziell Kreta, tickt eben noch anders und langsamer. Es scheint - trotz vieler Probleme - resilienter gegenüber diesen Einflüssen zu sein. Und ich hoffe, bei Gott, dass es so bleibt.

Eine deutsche Rentnerin setzte sich letzten Sommer einmal mit ihrem Kaffee neben mich, erzählte aus ihrem Leben. Sie ging der Liebe wegen etliche Jahre nach Griechenland. Es sei ein wunderbares Land, doch auch ein zweischneidiges Schwert - die griechischen Männer hätten es nicht so mit der Verantwortung, sie seien wie kleine Kinder.

Vielleicht, denke ich, ist das das Geheimnis: die Dinge und das Leben nicht so streng zu sehen. Besser, wie kleine Kinder voller Neugier und Improvisationstalent zu sein, als wie manche große Kinder, die spielend die Welt ins Unheil stürzen.

Kreta, ich komme

Es war ein trüber Morgen in Deutschland, als ich mit einem kleinen Trolley und einer Menge Vorfreude am Gate stand, bereit für meinen Flug nach Kreta.

Endlich! Griechenland - Sonne, Meer und ... naja, sagen wir, ich hatte ein paar typische Klischees im Kopf, die sich am Ende bewahrheiten sollten. Aber dazu gleich mehr.

Ich stieg also in den Flieger und suchte mir meinen Platz in Reihe 14, mittlerer Platz - ein Klassiker. Über den Tragflächen und doch kaum Sicht auf die Wolken. Aber ich kenne die Route ja, also alles gut.

Als ich mich hinsetzte und umschaute, blieb mein Blick an den Stewardessen hängen. Und das nicht nur aus Gründen, die man sofort vermuten könnte, nein, es waren die Haare. Sie waren alle, und ich meine wirklich alle, perfekt zu einem kleinen schwarzen, runden "Bürzel" gesteckt. Wie ein kleiner, dunkler Handball am Kopf. Ich dachte kurz, es würde sich um künstliche Teile, Haarattrappen oder ähnliches, handeln. Austauschbar. Fast schon zu perfekt, um echt zu sein.

Ich wollte kurz meine Hand heben und fragen: „Äh, Entschuldigung, sind die Haare echt, oder...?", ließ es dann aber doch sein, aus Angst um mein altes Herz, das bei Augenkontakt mit einer der Damen seinen Geist aufgeben hätte.

Aber die Näschen der Damen - olàlà ... ist es nicht ein großer, dicker Gallier gewesen, der dasselbe immer beim Anblick der ägyptischen Königin Kleopatra sagte? Und nun saß ein kleiner, ebenso dicker Germane und Möchtegern-Hellene in der Gegenwart im Flieger und beobachtete fasziniert das Kabinenpersonal.

Griechische Göttinnen, eine schöner als die andere, stolz und freundlich wie eh und je. Die Art, wie sie uns mit einem charmanten Lächeln „Kalimera" wünschten, brachte selbst die mürrischsten Gesichter zum Schmelzen. Ja, hier war man in besten Händen, oder besser gesagt, in den guten Händen griechischer Gastfreundlichkeit. Die Damen wussten ganz genau, wie man einen Flug angenehmer macht. Da vergaß man fast die mangelnde Beinfreiheit und die engen Sitze. Aber eben nur fast.

Irgendwann, nachdem der Flieger stabil in der Luft war und das monotone Brummen der Turbinen mich in einen leichten Dämmerschlaf gewogen hatte, wurde der Bordsnack serviert. Ein klassischer Flugzeug-Snack ... ein abgepacktes Croissant mit Schokocreme gefüllt, ein paar Kekse, nichts Besonderes, aber immerhin. Dazu ein Kaffee - und weil ich immer einen Hauch Optimismus mit mir trage, hoffte ich, dass dieser dunkle Wachmacher halbwegs trinkbar sein würde.

In meiner Reihe entschieden sich alle für Kaffee. Meine Nachbarin, eine nette Frau mittleren Alters, war erstaunlich schnell mit ihrem Snack fertig. Und wie das so ist, wenn man im Flieger sitzt, will man den Abfall schnell loswerden. Sie begann, alles zusammenzupacken und - in einem großzügigen Akt der Effizienz - schaufelte sie ihren Abfall zu mir herüber. So ein bisschen Sitznachbarschaftshilfe halt.

Ich nickte zustimmend. „Ja, das geht", sagte ich noch. Was sollte da schon schiefgehen?

Nun, ich sollte mich irren.

Denn nachdem sie ihre Verpackungen zu mir rübergeschoben hatte, nahm sie als letztes ihren leeren Kaffeebecher und

... schwupps - stieß ihn in meinen halbvollen Becher. Eine perfekte Kollision, und wie in Zeitlupe sah ich, wie eine Kaffeefontäne aus meinem Becher aufstieg. Sie schien förmlich in der Luft zu schweben, um dann elegant auf mir und meinem Tischchen zu landen. Die Kaffeeflecken breiteten sich in einem Muster aus, das ein moderner Künstler nicht besser hätte hinbekommen können. Es war, als hätte der Kaffee nur darauf gewartet, diesen großen Auftritt zu haben.

„Oh mein Gott, das tut mir so leid!", rief sie entsetzt, und ihre Augen weiteten sich. Ich saß da, noch immer halb versteinert, halb fasziniert von dem Spektakel, das sich soeben abgespielt hatte. Wie in einer Laurel und Hardy-Komödie - sie wissen schon: die „lange Leitung".

Dann brach sie in ein schallendes Gelächter aus. Ich lachte nach etwas Überlegung mit, und plötzlich war der kleine Unfall eher eine komische Anekdote als ein echtes Problem. Zum Glück war das meiste auf den Tisch gegangen und nicht auf meine Hose - kleine Siege im Leben.

Die Stewardess kam vorbei, und während sie uns mit einem strahlenden Lächeln ein paar Servietten reichte, dachte ich nur: „Das passiert eben, wenn man versucht, den Abfall schneller loszuwerden. Nun gut, sie konnte es ja nicht sehen, dass ich noch nicht ausgetrunken hatte. Zumindest hatte ich eine gute Geschichte für ein neues Buch.

Und voilá ... diese Geschichte lesen Sie jetzt.

Der Rest des Fluges verlief dann ruhiger - abgesehen von ein paar verstohlenen Lachern meiner Nachbarin und mir, immer wenn wir uns ansahen. Und ich konnte es nicht lassen, ab und zu einen Blick auf die makellosen „Bürzel" der Stewardessen zu werfen. Irgendwie schien dieser Flug perfekt das Chaos und die Schönheit des Lebens zu vereinen.

Kreta, ich komme!

Transfer mit Überraschungen

Der Bus war ziemlich voll mit Urlaubern, überwiegend Deutsche, alle mit dem vertrauten und müden, aber erwartungsvollen Blick, den man üblicherweise nach einem Flug an sein Ferienziel hat.

Sonnenhüte auf den Köpfen, vorsorglich schon einmal an der Kofferausgabe aus dem Gepäck gekramt, und der Geruch von Sonnencreme in der stickigen Luft. Doch sobald der Motor röhrte - und das war wirklich nur ein blubberndes Röhren, weil der Fahrer das Gaspedal lediglich zärtlich berührte - machte sich Unmut breit.

„Fährt der auch irgendwann mal los?", murmelte eine Frau hinter mir ... ich musste zugeben, dass die Schneckengeschwindigkeit des Busses, auf die sie anspielte, tatsächlich beeindruckend war. Der Fahrer, ein sonnengegerbter Mann mit graumeliertem Haar und einer Sonnenbrille, die wohl direkt aus den 1980er-Jahren stammen musste, hielt das Lenkrad lässig mit einer Hand und mit der anderen ... telefonierte er mit seinem Smartphone. Ununterbrochen.

„Wahrscheinlich organisiert er gerade den nächsten Bus", versuchte ein Mann vorne im Bus zu scherzen, doch niemand lachte. Schon gar nicht der Busfahrer, der die Sprache vermutlich gar nicht verstand. Aber das beruhte auf Gegenseitigkeit.

Der Fahrer fuhr weiter, in gemächlichem Tempo, während er laut und gestikulierend mit jemandem am anderen Ende der Leitung diskutierte. Man verstand nichts, außer dass es sehr wichtig klang. Auf einmal, wie aus dem Nichts, trat er aufs Gas.

Der Bus sprang vor, und alle Passagiere klammerten sich erschrocken an ihre Sitze. „Ach du meine Güte!", rief jemand entsetzt, als wir in eine Kurve rasten, was definitiv nicht mit der vorangegangenen Schneckengeschwindigkeit vereinbar war.

Nach einer Weile trat er wieder in die Bremsen. Der Bus schlingerte leicht zur Seite, als wir abrupt langsamer wurden. Am Straßenrand stand eine Frau, die ihm zuwinkte. In einem knappen Kleid und einer Schürze, die wohl ihre Zugehörigkeit zu der hinter ihr befindlichen Taverne kennzeichnete, grinste sie von Ohr zu Ohr.

Der Fahrer hielt an, ohne sich darum zu kümmern, dass der Bus nun halb auf der Straße stand. Ohne ein Wort an uns Passagiere zu richten, sprang er aus dem Bus, immer noch das Telefon am Ohr, und ging auf die Frau zu.

Er küsste die Frau auf beide Wangen, beendete sein Gespräch, ließ sich einen Becher Kaffee in die Hand drücken und setzte sich mit ihr an einen kleinen Tisch vor der Taverne. Beide lachten und scherzten so laut, dass die Gäste im Bus es selbst durch die geschlossenen Fensterscheiben hören konnten. Hurra.

Dröhnende Stille, nur übertönt von der Klimaanlage im Bus. Man hätte eine Nadel fallen hören können.

„Das ist jetzt nicht sein Ernst, oder?", beendete ein älterer Mann vor mir entsetzt das Schweigen. Die anderen Gäste begannen unruhig zu murmeln. Die Kinder auf den hinteren Plätzen fingen an, quengelig zu werden, und man konnte das allgemeine Unbehagen fast greifen.

„Warum fährt er nicht weiter?", „Wir wollen endlich ins Hotel!", „Unglaublich!", schallten einige Stimmen durch den Bus.

Nach ein paar Minuten, die sich wie eine Ewigkeit anfühlten, stand der Fahrer endlich auf. Mit einem breiten Grinsen und dem dampfenden Kaffeebecher in der Hand schlenderte er lässig zurück zum Bus. Er öffnete die Tür, stieg ein, setzte sich gelassen hinter das Steuer, drehte sich um und sah uns alle an, als würde er uns gar nicht verstehen.

„Was soll das? Wir wollen ins Hotel!", rief jemand aufgebracht.

Der Fahrer zuckte nur mit den Schultern, und als ob es das Selbstverständlichste der Welt wäre, sagte er in gebrochenem Englisch: „Mein Gott, man wird doch noch mal einen Kaffee trinken dürfen!"

Dann verdrehte er die Augen und telefonierte weiter wie ein Wasserfall. Dieses Mal immerhin über Bluetooth, mit beiden Händen am Steuer.

Die Empörung im Bus wuchs, aber ich konnte nicht anders: Ein Grinsen breitete sich auf meinem Gesicht aus, als ich mich in den Sitz sinken ließ. War ich sauer? Nein, ich nicht. Aber die Absurdität der Situation war einfach zu komisch. Typisch Griechenland, dachte ich. Alles hat seinen eigenen Rhythmus. Sogar der Kaffeepausen-Rhythmus eines Busfahrers.

Mit einem letzten Schluck von seinem Kaffee trat er aufs Gas, und wir setzten die Fahrt fort - wieder in gemächlichem Schneckentempo. Doch diesmal war es mir egal. Ich wusste - endlich war ich in Griechenland, oder genauer: auf Kreta angekommen.

Malia, Begegnung

Warten auf den Umstieg zum Bus, der uns nach Agios Nikolaos bringen sollte.

Die Sonne stand hoch am Himmel über Kreta, und die Luft flimmerte vor Hitze. Es war einer dieser Tage, an denen die Zeit stillzustehen schien. Doch um uns herum herrschte das absolute Chaos. Wir standen in Malia, an der um die Mittagszeit belebten Kreuzung der Buslinien. Umgeben von einem wimmelnden Meer aus Touristen, die genauso verloren schienen wie wir. Suchende und Verwirrte.

Menschen eilten hektisch hin und her, suchten verzweifelt nach dem richtigen Bus, als wären sie auf einem riesigen Schachbrett ausgesetzt worden - ohne zu wissen, wo sie hinmüssen. Die meisten Touristen können die Anzeigen an den Bussen eben nicht lesen, solange diese in griechischen Buchstaben geschrieben sind.

Inmitten dieses Trubels versuchte ich, mich zu orientieren. Doch mein Kopf war schwer, wie auf einem schwankenden Schiff und wie in Nebel gehüllt - ein Nebel, der mich seit fast einem Jahr begleitete, seit diesem Schlaganfall, der mein Leben so dramatisch verändert hatte. Jede Bewegung, jeder Gedanke fühlte sich an, als müsste ich durch dickflüssigen Sirup waten. Und dieser Lärm, diese Hektik … es war mir einfach viel zu viel. Mein Herz schlug schneller, meine Hände zitterten. Ich musste irgendwie zur Ruhe kommen.

Da fiel mein Blick auf ihn - nur ein paar Meter entfernt saß ein bärbeißiger, älterer Mann auf einem kleinen Klappstuhl. Er wirkte wie aus der Zeit gefallen, als ob er sich geradewegs aus einem Abenteuerroman hierher teleportiert hätte. Ein buschiger, grauer Vollbart bedeckte sein markantes Gesicht, und sein stattlicher Körperbau ließ ihn aussehen wie ein Kapitän, der einst die wilden Meere befahren hatte. Seine Augen waren schmal, fast mürrisch, doch irgendetwas an ihm strahlte Ruhe und Gelassenheit aus.

Was sofort ins Auge sprang, war die kleine, eiserne Feuerstelle mit Pfanne darauf, die neben ihm auf dem Boden stand und auf der etwas brutzelte. Es war surreal - inmitten des hektischen Durcheinanders in der Stadt ein alter Mann mit einem offenen Feuer. Man stelle sich das an anderen Orten als in Griechenland vor!

Er schien Maronen zu verkaufen. Die heißen, gebratenen Früchte der Edelkastanie. Ich erinnere mich noch an den Preis ... drei Euro die Tüte. Aber das interessierte ihn gerade wenig, denn seine Aufmerksamkeit galt mehr dem saftigen Pita Gyros in seiner Hand, das er genüsslich verspeiste. Ein Mann, der sich an den einfachen Freuden des Lebens labte.

Ich blieb stehen und beobachtete ihn aus der Entfernung, fasziniert von der eigenartigen Szenerie. Dann geschah etwas Unerwartetes: Er legte das Gyros zur Seite, griff unten nach einer kleinen Flasche und holte zwei winzige Schnapsgläschen aus seiner Jackentasche. Seine wachsamen Augen hatten längst bemerkt, dass es mir nicht gut ging. Mit einer wortlosen Geste füllte er die Gläser und blickte in meine Richtung.

Sein Gesicht, das zuvor so verschlossen wirkte, zeigte plötzlich ein mitfühlendes Lächeln. Er winkte mich heran und deutete auf das zweite Glas. Es war Raki, wie ich gleich feststellen würde - der kräftige Schnaps aus Traubentrester, der nach Anis schmeckte und im Hals brannte. Zögerlich trat ich näher, nahm das Glas entgegen und schaute ihm in die Augen. In diesem Moment schien die ganze Hektik um uns herum zu verschwinden. Er hob sein Glas, und ohne ein Wort zu sagen, tranken wir auf uns.

Für einen Augenblick spürte ich die Last meines Gehirnnebels weniger. Der Raki, die brennende Feuerstelle, der Duft der Esskastanien - all das holte mich ein Stück weit zurück ins Hier und Jetzt. Der Mann schien zu wissen, was ich brauchte. So wie er aussah, hatte er selbst schon schwere Zeiten hinter sich, dachte ich.

Sein Blick und sein Erscheinungsbild, sprachen von einem Leben voller Geschichten. Vielleicht hatte er einst das offene Meer befahren, die salzige Gischt auf den Lippen und den Wind in den Segeln. Vielleicht hatte er Stürme überstanden, nicht nur auf See, sondern auch in seinem eigenen Leben.

Nun, nach all den Abenteuern, saß er hier, auf den Straßen Kretas, und fristete ein einfaches und genügsames Dasein. Und doch nicht verbittert, sondern voller Großzügigkeit. Es war, als hätte er alles gesehen, alles erlebt, und nun war er an einem Punkt angekommen, an dem er zufrieden war mit dem, was er hatte: eine kleine Feuerstelle aus Eisen, einen Klappstuhl, Kastanien, und die Fähigkeit, einen Fremden in einem Moment der Not zu erkennen.

Ein Leben wie seines ... könnte es ein solches noch in Deutschland geben? Ein Mann, der auf den Straßen lebt, aber mit Würde und Hilfsbereitschaft? Der zufrieden ist? Der ein karges Auskommen hat und in Ruhe gelassen wird? Schwer vorstellbar. Hier, auf Kreta, scheint das Leben noch langsamer zu fließen ... es erlaubt den Menschen, einfach zu sein, inmitten der modernen Welt. Man ist immer von hilfsbereiten Personen umgeben, die ein Gespräch suchen - selbst wenn es manchmal wortlos bleibt.

Als unser Bus schließlich kam, trennten sich unsere Wege. Ich schaute zurück und sah, wie er mir noch einmal zunickte, bevor er sich wieder seinen Kastanien und seiner Pita widmete.

Ich stieg in den Bus - der Kopf noch schwer, aber das Herz ein wenig leichter, erfüllt von Zuversicht und Dankbarkeit.

Apropos Busse

Es ist ein warmer Spätnachmittag in Heraklion, und ich stehe am Busbahnhof, bereit für ein neues Abenteuer - oder eher: dem alltäglichen Kampf gegen das Buslinien-Chaos. Gleich vom Zugang aus sehe ich die große digitale Tafel, wo die vielen Busse wie die ankommenden und zum Abflug anstehenden Flieger am Flughafen aufgelistet sind. Ganz schön umtriebig hier. Leute ohne Ende. Viele Touristen. Die Tafel zeigt die Verbindungen an, doch anscheinend nimmt kaum jemand sie ernst. Ich ahne, dass hier - wie so oft an dieser Stelle - wieder irgendetwas nicht stimmig sein wird.

Ich beobachte das Bad der Verwirrung vom erhöhten Beckenrand aus und habe meinen Spaß dabei. Ein lautstarker Ruf durchs Mikrofon bringt plötzlich Bewegung in die Menge: „Nummer 3 nach Chania!" schallt es verzerrt und schwer verständlich - in gebrochenem Englisch - über den Platz. Sofort stürzt ein Grüppchen verwirrter Touristen los, bloß um Sekunden später von einem zweiten Ruf zurückgeworfen zu werden: „Nein, Chania ist jetzt doch die Nummer 5!"

Die Menschen drängen weiter, wechseln die Bussteige wie verwirrte Ameisen, bis schließlich klar wird: Der Bus nach Chania, Nummer 5, fährt nun nach Agios Nikolaos. Die Fragezeichen der Leute, die nach Chania wollen, sind in der Luft förmlich greifbar.

Ich lasse den Trubel auf mich wirken. Hier auf Kreta lernt man schnell, entweder in den Wahnsinn einzutauchen oder geduldig in Deckung gehen. Mit der Zeit habe ich mich für Letzteres entschieden. So lehne ich mich entspannt zurück, beobachte das Chaos mit einem stillen Lächeln und warte ab, bis das „richtige" Ziel durch den Lautsprecher- und Zuruf-Wirrwarr deklariert wird.

Ein neuer Bus rollt ein, und eine Welle von Menschen bewegt sich ungeduldig darauf zu, angezogen wie von einem unsichtbaren Magneten. Die Bustüren gehen auf und ein Kontrolleur mit grimmiger Miene erscheint. Er studiert die Tickets der Leute, die sich in einer unordentlichen Schlange drängen.

Als ein Tourist aus Versehen das Ticket für ein völlig anderes Ziel zückt, erhebt sich ein vielstimmiges Raunen. „Knossos? Nein, das ist hier nicht!", grient der Kontrolleur, und der arme Tourist wird samt Rucksack unter den mitleidlosen Blicken der anderen Wartenden wieder aus der Schlange gescheucht. Schnell, schnell.

In Agios Nikolaos ist der Busbahnhof viel kleiner, aber nicht weniger speziell. Es gibt nur ein kleines Gebäude, das wie ein liebevoll verstecktes Denkmal wirkt - die Farbe blättert von den Wänden, aber die Stimmung ist auf den ersten Blick beschaulich. In dem angeschlossenen, kleinen Cafébetrieb mit Klimaanlage lässt es sich gemütlich warten. Auch hier gibt es keine klaren Ansagen, mangels Lautsprechern, doch die Einheimischen winken lächelnd ab. „Der Bus wird schon kommen, wenn er kommen soll", versichern sie den nervös nachfragenden Touristen.

Während ich das bunte Treiben um mich herum beobachte, kommt plötzlich ein orthodoxer Pope - ganz in schwarz gekleidet und schwerfällig schwankend in seinen alten Sandalen - in meine Richtung gestapft. Sein langer, grauer Bart wippt im Rhythmus seiner Schritte, und ein verschmitztes Funkeln in den Augen verrät, dass er das Chaos am Busbahnhof bestens kennt. Ohne Worte lässt er sich direkt neben mich auf die Bank sinken - zwischen mich und eine gebeugte, winzige alte Frau, die in ihrem alten, schwarzen Kleid kaum auffällt. Der Pope nickt mir kurz zu, dann dreht er sich ihr zu und beginnt ein leises Gespräch.

Ich verstehe nur Bruchstücke, doch es scheint darum zu gehen, wo die alte Frau noch etwas zu essen bekommt. Der Pope fragt sie nach ihren Bedürfnissen, seine Stimme warm und beruhigend, während die alte Frau mit einem halb zahnlosen Lächeln nickt. Geduldig erklärt er, wann und wo das nächste Essen für Bedürftige verteilt wird und erkundigt sich, ob sie irgendjemanden hat, der ihr hilft, dorthin zu gelangen.

Nach einer kurzen Pause lehnt sich die alte Dame näher zu ihm und raunt ihm eine Frage ins Ohr, die ich nur halb mitbekomme. Es scheint, dass ihr Haus ein Problem hat - das Dach, wie ich meine zu verstehen, sei undicht und bräuchte dringend eine Reparatur. Der Pope nickt, runzelt nachdenklich die Stirn und murmelt, er werde sich umhören, ob es jemanden im Dorf gäbe, der ihr helfen könne, vielleicht ein Handwerker, der das Ganze als gute Tat und zur Freude Gottes übernimmt.

Zum Schluss wird besprochen, ob der Bus, auf den wir alle warten, heute im Heimatort der alten Dame hält - sie fragt es fast hoffnungsvoll, und der Pope zwinkert. „Er wird schon halten, wenn der Fahrer heute gut geschlafen hat", sagt er trocken, und sie lacht leise. „Und mit Gottes Hilfe, schätze ich, wird es heute eine Haltestelle mehr geben."

Beeindruckt schaue ich die beiden an. Zwischen dem alten Popen und der winzigen Frau herrscht ein gegenseitiger Respekt, den man förmlich spüren kann. Der Pope scheint sich aufrichtig um sie zu sorgen, und obwohl sie wenig hat, wirkt sie in seiner Gegenwart sicher und selbstbewusst. Ein stiller, warmer Moment inmitten des lauten Durcheinanders - ganz ohne Eile, aber voller Würde.

Ein älterer Herr, der im Schatten auf einer Bank döst, schaut von seiner Zeitung auf und murmelt in die Menge: „Wartet, wartet. Hier tickt die Zeit anders." Bald wird man auf der Fahrt das glitzernde Meer sehen, und irgendwie wirkt es völlig nebensächlich, ob der Bus jetzt, in fünf oder in fünfzig Minuten kommt. Ein Paradies für Entspannte - oder eben eine Geduldsprobe für den Rest.

Sitia hat den kleinsten und ruhigsten Busbahnhof der Insel. Er lädt mit einem Kiosk im Inneren und einer gemütlichen Terrasse draußen zum Verweilen ein. Von hier aus kann man entspannt eine belebte Kreuzung beobachten - fast wie ein Live-Theater des griechischen Alltags. Hin und wieder verirrt sich ein Einheimischer an diesen Ort, um im Schatten Schutz vor der brennenden Sonne zu suchen - und dabei einen starken, perfekt zubereiteten Kaffee zu genießen. Busse fahren hier nur ein paar wenige Male am Tag ... kurze Momente hektischer Betriebsamkeit wechseln sich mit langen Phasen wohltuender Ruhe ab.

Hier gilt die Devise: panta tha ginete - irgendwie wird es schon. Griechische Gelassenheit in Reinkultur. Ich frage mich oft, warum gerade Touristen mit dieser entspannten Mentalität so schwer zurechtkommen. Selbst im ruhigen Sitia wirken sie oft verwirrt und hilflos, als wäre es einfacher, sich am Frankfurter Hauptbahnhof zurechtzufinden - und das will etwas heißen.

Ich erinnere mich an meinen ersten Tag an einem griechischen Busbahnhof: Kassierer die einen maßregelten, Ansagen, die wie ein Kauderwelsch aus Lautsprechern dröhnten, und eine Menschenmenge, die aussah, als wollte sie sich gleichzeitig in alle Richtungen bewegen. Damals habe ich noch versucht, den Überblick zu behalten und Ordnung im Chaos zu finden - ein aussichtsloses Unterfangen. Heute kenne ich das Spiel: Ich kaufe mein Ticket vorab, stelle mich entspannt an den Rand und warte, bis sich der größte Trubel gelegt hat. Es ist ein bisschen wie Roulette: Man setzt auf die richtige Zahl, während alle anderen ins Leere laufen. Schließlich bin ich einer der Ersten, die einsteigen - entspannt und mit einem stillen Lächeln, während das organisierte Chaos um mich herum weitergeht.

In Sitia, als ich einmal auf meinen Bus wartete, kam ein älterer Herr mit einem halben Dutzend Hühnern in einer zerbeulten Holzkiste. Offensichtlich war es weder für ihn noch für die Hühner das erste Abenteuer dieser Art. Mit der Gelassenheit eines alten Kapitäns auf stürmischer See steuerte er seine lebhafte Ladung durch die Menge. Die Hühner schienen das Chaos ebenso gut zu meistern wie er - unbeeindruckt gackerten sie vor sich hin, während ein paar Touristen den improvisierten Geflügeltransport kritisch beäugten. Der Mann zwinkerte einem anderen Kreter zu und sagte: „Eh, sie lernen es noch." Ob er die Hühner oder die Touristen meinte, blieb unklar.

Mit der Zeit lernt man, wie das Ganze funktioniert. Und die Dinge gehen ihren Gang. Kreta lehrt einen, dass Gelassenheit die beste Antwort auf jedes Verkehrschaos ist ... ach was, auf wirklich jedes Chaos.

Der alte Mann und die Möwen

Am Hafen des kleinen kretischen Fischerdorfes, in dem das Meer in sanften Wellen an die Felsen schlug, lebte ein Mann, der stets einsam wirkte. Der Himmel über dem Meer war oft wolkenlos - von einem tiefen Blau, das sich an klaren Tagen in den Augen verlor, während die Häuser des Dorfes sich eng an die Hänge der Klippen schmiegten, als wollten sie sich vor den Stürmen schützen, die ab und an das Land heimsuchten. Der Duft von Salzwasser, Fisch und Pinien lag in der Luft, und das Rauschen der Wellen vermischte sich mit dem gelegentlichen Wehen des Windes, der durch die Gassen des Hafens pfiff.

Jeden Tag kam er, der kleine, hager und verhärmt wirkende Mann. Sein zerfurchtes Gesicht trug die Spuren eines langen, harten Lebens. Immer hatte er die gleiche, abgetragene Kleidung an: einen alten, grauen Mantel, dessen Ärmel an den Rändern ausgefranst waren, eine einfache, fleckige Hose und festes Schuhwerk. Ob Wind, Sonne oder Schnee - niemals änderte sich etwas an seiner Erscheinung. Niemand wusste seinen Namen, und kaum jemand sprach mit ihm. Das wollte er auch nicht. Der Möwen-Mann war Teil der stummen Kulisse, so unscheinbar wie die alten Boote, die am Ufer vor sich hin rosteten.

Was die Menschen jedoch erstaunte, war das, was passierte, wenn er sich ans Ufer setzte und ein Stück altes Brot aus seiner Tasche holte. Die Möwen - die sonst kaum zu sehen waren, höchstens vereinzelt auf den Stegen saßen und im Wind kreischten - erschienen plötzlich in Scharen. Es war, als kämen sie aus dem Nichts, als würden sie aus der Weite des Himmels gerufen. Wie eine Wolke aus Flügeln und Schnäbeln kreisten sie über ihm, setzten sich auf seine Schultern, seine Arme, auf den Boden um ihn herum, während sie nach dem Brot schnappten.

Doch es ging, das erkannte man sofort, nicht nur ums Fressen. Die Möwen schienen mit ihm zu sprechen, mit ihren rauen Rufen, und er antwortete - nicht mit Worten, sondern mit Blicken, mit einem leisen Lächeln, das nur dann über sein Gesicht huschte, wenn er bei den Vögeln war.

Passanten blieben stehen, nahmen das Schauspiel ungläubig auf. Es war, als stünde dieser Mann in enger Verbindung mit den Tieren, als wären sie seine letzten Gefährten in einer Welt, die ihn längst vergessen hatte. Kinder zogen an den Händen ihrer Eltern, um zu schauen, wie die Möwen ihn umkreisten, und die Erwachsenen schwiegen, weil sie das Gefühl hatten, etwas Besonderem beizuwohnen, ohne es ganz zu verstehen.

Und dann, eines Tages, war er fort.

Er tauchte einfach nicht mehr auf. Und die Möwen blieben mit ihm fort. Am Anfang dachten die Leute, er würde nur pausieren, vielleicht sei er krank. Aber die Tage, Wochen und Monate vergingen, und der kleine, ärmliche Mann blieb verschwunden. Auch die Möwen kehrten nicht zurück. Der Hafen wurde wieder ruhig, und das Meer schien stiller denn je.

Doch ab und zu, wenn der Wind aus einer bestimmten Richtung kam, konnte man das ferne Wehklagen der Möwen hören. Es war, als riefen sie jemanden, der nicht mehr antworten konnte. Einige im Dorf flüsterten, er sei tot. Andere glaubten, er habe die Insel verlassen, um anderswo seinen Platz zu finden. Aber die Älteren, die, die das Leben und das Meer besser kannten, sagten etwas anderes. Sie sagten, dass die Möwen einen der letzten guten Menschen verloren hätten.

Der Mann, so arm und unscheinbar er auch wirkte, war vielleicht reicher als die meisten anderen Menschen. Er verstand die Welt der Tiere, der Natur, eine Welt, die den meisten Menschen längst verschlossen war. Und vielleicht, so glaubten die Alten, hatte das Meer ihn zu sich gerufen, weil es spürte, dass sein Herz rein war. Die Möwen waren mit ihm gegangen, weil sie wussten, dass es nur wenige wie ihn gab, und die Welt nicht mehr so lebenswert für sie war. Sie mussten mit ihm gehen.

Nur noch das Rauschen des Meeres und das Flüstern des Windes in den Pinien, die über die Klippen ragen, sind geblieben. Aber manchmal, wenn die Sonne tief steht und die Schatten lang werden, kann man meinen, im Kreischen der fernen Möwen eine Botschaft zu hören: dass Güte und Einsamkeit Hand in Hand gehen können, und dass die Welt oft jene verliert, die sie am dringendsten braucht.

Man vergaß den Mann. Er lebte nur eine Zeitlang in den Erinnerungen der Alten weiter, nicht durch Worte oder Taten, sondern allein durch die Erinnerung an den Anblick des stillen, täglichen Rituals, das er hinterlassen hatte - und durch das unendliche Rufen der Möwen, die nun, so schien es, mit ihm verschwunden waren.

Agios Nikolaos

Es ist ein warmer Sonntagnachmittag. Mai in Agios Nikolaos, Kreta. Die Sonne scheint sanft auf das Meer, und die Luft trägt die angenehme Frische des Salzwassers. Wir lassen uns an einem Tisch vor einem Lokal am Meer nieder, den Kaffee in der Hand und das Panorama der Straße vor uns, die an diesem Tag eine lebendige Szenerie bietet. Es ist einer dieser Augenblicke, in denen man sich einfach hineinfallen lässt in das Hier und Jetzt.

Vor uns zieht das bunte Treiben der Stadt entlang: eine unendliche Parade von Menschen, die sich gemächlich zwischen den Geschäften und der Uferpromenade bewegen. Frauen in schlichten, aber eleganten Sommerkleidern, Männer, die mit Leichtigkeit und Selbstsicherheit über die gepflasterten Straßen flanieren.

Man spürt, wie die Blicke neugierig zu uns wandern, doch es ist keine Aufdringlichkeit, kein Urteil. Ein Lächeln hier, ein leises Nicken dort, sogar ein herzliches "Jassas!" von Fremden, die an uns vorbeigehen. Diese Geste, dieses Grüßen, lässt uns spüren: Hier ist jeder willkommen. Man beobachtet, ohne zu bewerten. Es ist eine Art stiller Dialog zwischen uns und den Einheimischen - ein Dialog, der sagt: Du gehörst dazu. Es gibt kaum einen Unterschied zwischen dem, was fremd und was vertraut ist.

Später sind wir am Strand. Ammos Beach. Die Hitze des Tages hat die Luft flimmern lassen, und wir suchen Zuflucht im Schatten eines Sonnenschirmes mit Liegen. Plötzlich spüren wir, wie sich etwas Kleines und Weiches an uns schmiegt. Ein Hund - nicht viel größer als ein Bündel Wolle, mit dunklen, treuen Augen. Er gehört wohl dem Besitzer einer nahegelegenen Taverne und hat sich offenbar unser Fleckchen Schatten unter der Liege ausgesucht.

Langsam streichen wir ihm über den Kopf, und er schließt die Augen, lässt sich streicheln, als sei er der König dieser Ecke des Strandes. Es gibt in diesen Momenten eine stille Verbundenheit - ein einfaches Zusammensein, das Worte überflüssig macht. In der Stille des Strandes, im Rauschen der Wellen und der Anwesenheit dieses kleinen Wesens, spürt man die Einfachheit des Lebens, die Freude an den kleinen Dingen.

In der Stadt selbst, in den engen Gassen von Agios Nikolaos, pulsiert das Leben in einem anderen Rhythmus. Die kleinen Geschäfte, jedes mit seiner eigenen Persönlichkeit, sind voller Menschen. Der Duft von Leder, frischen Kräutern und Olivenöl durchzieht die Luft. Hier ein Geschäft mit handgefertigtem Schmuck, dort ein Laden voller Keramik, bemalt in den Farben des Meeres.

Ein Gespräch zwischen einem Verkäufer und einem Touristen kann zu einer Kunst des Handelns werden, bei der beide Seiten das Spiel des Gebens und Nehmens genießen. In den engen Gassen vermischt sich die Energie des modernen Lebens mit dem uralten Rhythmus dieser Stadt, die so viele Geschichten in ihren Mauern trägt.

Wir betreten eine kleine orthodoxe Kapelle, fast versteckt in der Hektik der Einkaufsstraße. Drinnen herrscht eine stille, ehrfürchtige Ruhe. Der Duft von Weihrauch schwebt in der Luft, und das warme Licht der Kerzen flackert in den goldenen Ikonen, die die Wände schmücken. Es ist ein Ort der Andacht, der uns innehalten lässt, während draußen das Leben in voller Geschwindigkeit, allerdings griechisches Tempo, an uns vorbeizieht.

Als wir wieder auf die Straße hinaustreten, sehen wir eine Gruppe Jugendlicher, vielleicht 16 bis 17 Jahre alt, die gerade die Kapelle passieren. Ohne zu zögern, bekreuzigen sie sich im Vorübergehen, eine selbstverständliche Geste, die uns imponiert. Wo sieht man das noch? Dieser Moment, diese kleine, alltägliche Andacht, spiegelt eine Verbindung wider - zwischen Vergangenheit und Gegenwart, zwischen dem Heiligen und dem Alltäglichen. Es ist, als ob hier auf Kreta noch etwas lebt, das in anderen Teilen der Welt längst verblasst ist. Eine Verbindung zu Traditionen, die tiefer gehen als bloße Rituale, eine stille Ehrfurcht vor etwas Größerem, das in der Hektik des modernen Lebens oft übersehen wird.

Dieser Spaziergang durch Agios Nikolaos, durch seine Straßen, Strände und Orte der Ruhe, ist mehr als nur eine Reise durch eine Stadt. Es ist eine Reise in ein Gefühl des Angekommenseins. Hier gibt es keine Mauern zwischen dem Fremden und dem Bekannten. Jeder Blick, jedes Lächeln, jede freundliche Geste trägt das Gefühl mit sich, dass man, auch wenn man nur zu Besuch ist, für einen Augenblick Teil dieses Ortes wird.

Der Tag neigt sich langsam dem Abend zu, als wir unseren Spaziergang fortsetzen, diesmal entlang des Meeres, das uns mit seinem tiefen Blau wie ein treuer Begleiter erscheint. Die Sonne sinkt tiefer und taucht das Wasser in ein goldenes Licht, das sich sanft in den Wellen spiegelt. Wir lassen die geschäftige Straße hinter uns und folgen einem gepflasterten Weg, der sich entlang der Küste schlängelt, vorbei an der Marina von Agios Nikolaos.

Hier, an der Marina, weht eine leichte Brise, die den salzigen Geruch des Meeres mit sich bringt und die weißen Segelboote, die sanft im Wasser schaukeln, in Bewegung setzt. Die Masten der Boote klappern leise im Rhythmus des Windes, und das Wasser gluckst beruhigend gegen die Kaimauern. Die Marina wirkt wie ein stiller Rückzugsort, ein Kontrast zu der lebendigen Stadt, die sich hinter uns erstreckt.

Wir verweilen für einen Moment, blicken zurück auf Agios Nikolaos, das sich über die sanft ansteigenden Hügel ausbreitet. Häuser, die im Sonnenlicht leuchten, scheinen in Harmonie mit dem Blau des Himmels und des Meeres zu stehen, als ob sie ein Teil dieser Landschaft wären, die ewig wirkt. Es ist ein Blick, der Ruhe und Erhabenheit ausstrahlt, und für einen Augenblick fühlt man sich klein, aber nicht unbedeutend - eher als winziger Teil eines größeren Ganzen.

Während wir weitergehen, begleitet uns das leise Flüstern des Meeres. Es ist, als ob das Wasser Geschichten erzählen würde - Geschichten von Reisenden, die hier ankern, von Fischen, die tief unter der Oberfläche ihre Bahnen ziehen, und von der Insel selbst, die so viele Jahrtausende überdauert hat. Es ist ein Flüstern, das uns nicht loslässt und in den stilleren Momenten unserer Gedanken nachhallt.

Schließlich nähern wir uns dem Voulismeni-See, einem Ort, der beinahe magisch wirkt. Der See liegt eingebettet inmitten der Stadt wie ein stilles Herz, umgeben von steilen Felswänden und farbenfrohen Häusern, die sich in den ruhigen Wassern spiegeln. Hier, wo das Süßwasser mit dem Salz des Meeres verschmilzt, herrscht außerhalb der Saison eine fast märchenhafte Atmosphäre.

Einst ein stiller, isolierter Süßwassersee, öffnete sich der See durch den venezianischen Bau eines Kanals im Jahr 1870 dem Meer. Seitdem fließt salzige Frische in die Tiefe, wo sie auf das ursprüngliche Süßwasser trifft. Diese Schichtung verleiht dem See eine besondere Eigenart, eine stille Spannung zwischen zwei Welten.

Mit einer Tiefe von 48 Metern birgt der See mehr als nur Wasser. Legenden ranken sich um seine Felsen und Tiefen. Man erzählt sich, die Göttinnen Athene und Artemis hätten hier einst gebadet, während andere behaupten, deutsche Truppen hätten im Krieg ihre Geheimnisse in den unergründlichen Tiefen versenkt.

Wie auch immer: Der Voulismeni-See ist ein Rätsel inmitten der urbanen Welt von Agios Nikolaos - ein Ort, an dem sich die Natur nicht ganz festlegen will, ein Spiegel, der die Seele Kretas reflektiert: wild, ruhig, voller Mythen und Geschichten.

Die Cafés und Tavernen, die den See säumen, sind erfüllt vom Lachen der Menschen, aber das leise Plätschern des Wassers ist im Hintergrund immer präsent, als würde es das Treiben der Stadt in einen sanften Rhythmus hüllen.

Es ist ein Ort der Zusammenkunft, der nicht nur die Menschen, sondern auch die Elemente vereint - Erde, Wasser und Luft in einer perfekten Balance. Der Weg entlang des Meeres bis zum See hat uns durch die vielen Facetten von Agios Nikolaos geführt: die belebten Straßen, die ruhige Marina und schließlich dieses Juwel, den See, dessen Wasserfläche wie das stille Zentrum dieser pulsierenden Stadt erscheint.

Während die Sonne langsam hinter den Hügeln verschwindet, spüren wir das sanfte Erdbeben des Alltags unter unseren Füßen - doch im Rauschen der Wellen und dem leichten Wind, der durch die Gassen zieht, bleibt das Gefühl bestehen, dass wir für einen Moment Teil von etwas Ewigerem geworden sind.

Wie schön kann das Leben sein.

Vanessa und der Sinn des Lebens

Vanessa spürte den sanften Luftzug auf ihrem Gesicht, als sie die Tür des kleinen, in die Felsen geschmiegten Hotels öffnete. Ein Hauch von Salz und Pinien stieg in ihre Nase, eine Erinnerung daran, warum sie hier war. Der Herbst auf Kreta hatte etwas Ruhiges, Beruhigendes. Die Touristen waren längst verschwunden, die Strände menschenleer, und die Sonne hing tief am Himmel, als wäre sie ebenfalls müde von der langen Saison.

Sie hatte sich sofort in das Hotelzimmer verliebt - es war schlicht, aber gemütlich, mit einem Balkon, der direkt aufs Meer hinausging. Ein paar Schritte weiter lag die kleine Bar, die sich mühelos ins Bild der ruhigen Bucht einfügte. Und genau dort wollte sie ihren ersten Abend verbringen, mit einem Glas Raki in der Hand und den Gedanken in der Ferne.

Vanessa setzte sich an einen der rustikalen Holztische draußen auf der Terrasse. Der Ozean vor ihr wirkte wie ein dunkler Spiegel, in dem das letzte Licht des Tages sanft glitzerte. Sie bestellte sich ein Glas und ließ den Moment auf sich wirken. Sie fühlte sich allein - aber nicht auf die bedrückende Art, wie in den letzten Wochen in Deutschland, wo die Zweifel an ihrer Beziehung sie wie ein stetiger Regen umhüllten. Hier war es anders, hier war es eine befreiende Einsamkeit. Der Gedanke, sich vielleicht von Mark zu trennen, kreiste in ihrem Kopf, aber für diesen Moment wollte sie ihn zur Seite schieben und die Freiheit genießen.

Gerade als sie ihren ersten Schluck nahm, hörte sie Schritte. Ein älterer Mann trat in die gähnend leere Bar, seine Schritte leise und bedächtig. Er trug eine schlichte Hose und ein kariertes Hemd, die Haare silbergrau und etwas zerzaust vom Wind. Sein Gesicht war von der Sonne gegerbt, und seine Augen schimmerten in einem seltsamen Blau, das sie sofort an das Meer erinnerte.

„Kalispera", sagte er mit einem leichten Lächeln. „Ist hier noch Platz für einen alten Mann?"

Vanessa zögerte. Etwas an ihm machte sie unruhig, doch sie konnte nicht genau sagen, was es war. Vielleicht, weil er so direkt auf sie zugekommen war, oder vielleicht, weil sie sich ihre Ruhe nicht nehmen lassen wollte. Trotzdem nickte sie und erwiderte höflich: „Natürlich, setzen Sie sich."

Der Mann ließ sich langsam auf dem Stuhl nieder und bestellte ebenfalls ein Glas Raki. Eine Weile schwiegen sie und sahen gemeinsam aufs Meer hinaus. Vanessa war sich der Stille bewusst, sie fühlte sich seltsam elektrisiert, fast als läge etwas in der Luft, das sie nicht fassen konnte.

„Warum genau hier?" brach sie schließlich das Schweigen. „Warum wollten Sie ausgerechnet hier sitzen, wo das Lokal doch so leer ist und viel Platz bietet?"

Der Mann drehte sich leicht zu ihr und lächelte, als hätte er die Frage erwartet. „Weil man nur im Gespräch mit einem Menschen erkennen kann, wer er wirklich ist. Wenn jemand bereit ist, einem Fremden Platz zu machen, dann ist das der erste Hinweis. Aber das reicht nicht. Man muss sehen, wie jemand spricht, wie er sich bewegt. Nur dann kann man verstehen, ob man einem guten oder einem schlechten Menschen gegenübersitzt."

Vanessa zog die Augenbrauen hoch. „Und? Was haben Sie bei mir herausgefunden?" fragte sie, halb belustigt, halb verunsichert.

Er nahm einen Schluck Raki und sah sie lange an, so als ob er die Worte sorgfältig wählte. „Du bist hier, um Abstand zu gewinnen, nicht wahr? Abstand von einem Leben, das sich anfühlt wie ein altes Paar Schuhe, das nicht mehr richtig passt. Vielleicht denkst du über eine Trennung nach, aber du bist dir nicht sicher, ob das die richtige Entscheidung ist."

Vanessas Herz machte einen Satz. Sie öffnete den Mund, um etwas zu sagen, aber er hob die Hand und sprach weiter: „Du hast ein gutes Herz, aber es ist verwirrt. Und hier auf Kreta suchst du nicht nur nach Sonne und Meer, sondern auch nach einem Zeichen. Etwas, das dir sagt, was du tun sollst."

Er hielt inne und lächelte sie dann verschmitzt an. „Aber vielleicht irre ich mich auch, wer weiß?"

Vanessa fühlte, wie sich eine Gänsehaut auf ihren Armen ausbreitete. Wie konnte er so viel über sie wissen? Er musste ihre Überraschung bemerkt haben, denn er lehnte sich zurück und sah wieder hinaus aufs Meer, als würde die Antwort in den Wellen liegen.

„Kreta ist ein besonderer Ort", sagte er schließlich. „Diese Insel ist alt, sie hat viele Geschichten gehört, viele Tränen gesehen, viele Lieben. Sie kann Geheimnisse bewahren und Antworten geben. Aber sie tut es nur, wenn man bereit ist, zuzuhören."

Vanessa starrte auf das dunkle Wasser und spürte, wie sich etwas in ihr löste. Die Worte des alten Mannes hatten eine seltsame Wirkung auf sie, als hätte er einen Knoten in ihrem Inneren aufgespürt und leicht daran gezogen. Sie dachte an die Spaziergänge, die sie hier machen würde, an die Stille, die sie endlich in sich aufnehmen konnte.

„Was glauben Sie?" fragte sie nach einer Weile. „Ist es besser, ein altes Paar Schuhe loszuwerden oder es zu reparieren?"

Der Mann sah sie an, sein Blick war ernst und tief. „Das kommt darauf an, ob die Schuhe noch zu deinen Füßen passen. Und ob du glaubst, dass es sich lohnt, sie zu tragen, auch wenn sie hin und wieder drücken. Manchmal muss man barfuß laufen, um zu spüren, was man wirklich braucht."

Sie lächelte leicht, aber in ihrem Inneren rührte sich ein Sturm. Ihr Glas war leer, der Raki hatte eine angenehme Wärme in ihr hinterlassen. Sie dachte daran, wie sie sich am nächsten Morgen auf den Weg machen würde, die leeren Strände erkunden, den Wind in den Olivenhainen hören, vielleicht den Mut fassen, barfuß zu laufen, wie er es gesagt hatte.

„Danke, dass Sie sich zu mir gesetzt haben", sagte sie leise.

Der alte Mann erwiderte ihr Lächeln, aber es lag ein Hauch von Melancholie in seinen Augen. Er betrachtete die Wellen, die unaufhörlich an den Strand rollten, so, als würde er darin die Antworten auf all die unausgesprochenen Fragen finden.

„Weißt du", begann er, und seine Stimme klang plötzlich sanfter, fast wie ein Flüstern im Wind, „der Sinn des Lebens ... er ist wie diese Wellen. Manchmal scheint er sich zurückzuziehen, fast zu verschwinden, und dann kehrt er doch wieder zurück, in einer neuen Form, immer in Bewegung. Die meisten Menschen suchen den Sinn in großen, glanzvollen Dingen, in der perfekten Liebe, dem erfüllenden Beruf oder einem bestimmten Ziel. Aber das ist nur eine Illusion."

Vanessa runzelte die Stirn. „Aber wenn das alles eine Illusion ist, worin liegt dann der Sinn? Woran soll man sich festhalten?"

Der Mann lachte leise, und seine Augen blitzten. „Vielleicht liegt der Sinn gar nicht darin, ihn festhalten zu wollen. Vielleicht geht es darum, sich treiben zu lassen und die kleinen Dinge zu sehen, die uns am Leben halten - ein Lächeln, das Gefühl von Sand unter den Füßen, das Rauschen der Wellen in der Nacht. Manchmal ist der Sinn nichts, was man suchen muss. Man muss nur aufhören, wegzusehen."

Vanessa dachte an ihre Beziehung, an Mark, an die ständigen Zweifel, die sie in den letzten Monaten gequält hatten. Sie hatte sich immer gefragt, ob sie die richtige Entscheidung treffen würde, ob sie auf dem richtigen Weg war. Doch in diesem Moment, mit dem Klang der Wellen im Hintergrund und dem Duft des Meeres in der Luft, schien die Frage seltsam irrelevant. Es war, als würde etwas in ihr leise flüstern, dass sie das Leben nicht zwingen musste, Sinn zu ergeben.

„Und was, wenn man nicht mehr weiß, wo man suchen soll?" fragte sie. „Wenn man sich verloren fühlt?"

Der Mann nickte langsam. „Dann liegt der Sinn darin, sich selbst zu verlieren, um sich wiederzufinden. Wir Menschen, wir verfangen uns so sehr in unseren Ängsten und Wünschen, dass wir vergessen, dass der Sinn sich oft in der Leere versteckt. In den Momenten, in denen wir alleine mit uns selbst sind. So wie jetzt, in der Nachsaison, wo alles still wird und man nur noch sich selbst hört."

Er deutete auf das Meer, das sich in der Dunkelheit verlor. „Schau dir das Meer an. Es ist alt, so alt wie die Zeit selbst, und doch fragt es nicht nach einem Sinn. Es fließt, es bewegt sich, es lebt. Und vielleicht ist das das Einzige, was wir vom Leben lernen können: dass wir nicht alles verstehen müssen, dass nicht jede Frage eine Antwort braucht."

Vanessa schwieg, ihre Gedanken waren ein Wirbel aus neuen Gefühlen und Erkenntnissen. Sie hatte immer nach einem festen Punkt gesucht, einem Zeichen, das ihr sagte, was richtig und was falsch war. Aber vielleicht war der Trick, den Halt loszulassen, nicht aus Angst vor dem Fallen, sondern um zu sehen, wo das Leben sie hintrug.

„Und wenn wir den Sinn nie finden?" fragte sie schließlich.

Der Mann lehnte sich zurück und sah hinauf zu den Sternen, die sich am Himmel über Kreta ausbreiteten. „Dann haben wir zumindest das Leben gelebt. Und manchmal ist das genug. Der Sinn muss nicht klar sein, er muss sich nicht aufdrängen. Es reicht, ihn im Augenblick zu spüren, wie jetzt, in einem Gespräch mit einer Fremden, in der Nähe eines einsamen Strandes."

Vanessa nickte, und ein kleines, ruhiges Lächeln breitete sich auf ihren Lippen aus. Sie hatte immer gedacht, dass der Sinn des Lebens etwas Greifbares sein müsse, eine Art versteckter Schatz, den man erst nach harter Suche entdeckte.

Doch in dieser Nacht begann sie zu begreifen, dass der Sinn nicht immer an großen Orten zu finden war. Manchmal lag er in den kleinen, flüchtigen Momenten, im Klang der Wellen und im Geschmack von Raki, im Lächeln eines Fremden und in den Fragen, die sie plötzlich nicht mehr zu beantworten versuchte. Sie spürte: Diese Insel begann, ihren Geist zu öffnen, ihre Sinne zu schärfen für eine andere Ebene.

Der Mann nickte nur, stand auf und legte ein paar Münzen auf den Tisch. „Ich wünsche dir, dass du hier findest, was du suchst." Und dann, ohne ein weiteres Wort, drehte er sich um und verschwand in der Dunkelheit, die das Dorf wie einen Mantel umhüllte.

Vanessa blieb noch eine Weile sitzen und lauschte dem Rauschen der Wellen. Sie fühlte sich anders, leichter, und wusste, dass Kreta ihr in dieser Nachsaison vielleicht mehr geben würde, als sie jemals erwartet hätte.

Sie wusste nicht, was die nächsten Tage auf Kreta bringen würden, aber das Gefühl der Rastlosigkeit in ihr hatte sich verändert. Alpha und Omega - es war ein Anfang, kein Ende, und vielleicht war das das Wichtigste.

.

Ein Schiff in den Bergen

Es war ein glühend heißer Nachmittag, als Martin und Lisa sich mit ihrem Mietwagen die engen Serpentinen durch die Berge Kretas hinaufschraubten. Die Landschaft war wild und karg, mit Olivenbäumen, die sich wie sture alte Männer gegen den Wind stemmten, und Ziegen, die an den unmöglichsten Stellen über die Felsen balancierten. Martin hatte gerade eine Monolog über die kretische Geschichte angefangen („Wusstest du, dass Zeus hier geboren wurde?"), als Lisa plötzlich aufschrie.

„STOPP! Da drüben!"

Martin trat so abrupt auf die Bremse, dass der Mietwagen mit einem protestierenden Quietschen zum Stillstand kam. „Was? Eine Ziege? Ein Kloster? Ein…"

„Ein Fischerboot", sagte Lisa, und ihre Stimme war voller Verwirrung. „Hier in den Bergen?"

Da war es tatsächlich. Auf einem Felsvorsprung mitten in der kargen Landschaft stand ein verwittertes Kaiki - ein kleines, buntes Fischerboot, das offensichtlich seit Jahren Wind und Wetter ausgesetzt war. Der Lack blätterte ab, und der Rumpf war von der Sonne ausgeblichen. Aber das Verrückteste: Weit und breit kein Wasser in Sicht. Nur Geröll, Büsche und ein paar neugierige Ziegen.

Martin stieg aus, kratzte sich am Kopf und sagte, was in solchen Momenten jeder Mann mit akademischer Bildung sagt: „Das macht keinen Sinn."

Lisa zog ihr Handy heraus und machte ein Foto. „Vielleicht war hier mal ein See? Oder ein Fluss?"

Martin schüttelte den Kopf. „In den Bergen, auf 1000 Metern Höhe? Quatsch. Vielleicht ... vielleicht hat jemand es hierhergeschleppt, als Kunstprojekt? Oder wollte es den Winter über reparieren?"

Da meldete sich eine Stimme aus dem Nichts: „Es war Poseidon!"

Martin und Lisa zuckten zusammen und drehten sich um. Ein alter Mann mit einem zerknitterten Gesicht und einem noch zerknautschteren Strohhut stand da und grinste. Er lehnte an einem Stock, der genauso knorrig aussah wie er selbst.

„Poseidon?", fragte Lisa vorsichtig. Sie hatte den Eindruck, dass der Alte entweder ein Dorfbewohner oder ein exzentrischer Einsiedler war - auf Kreta tatsächlich sehr plausible Optionen.

„Ja, ja!", sagte der Alte und hob dramatisch den Stock. „Der Gott des Meeres war wütend auf meinen Großvater, weil er in einer stürmischen Nacht einen besonders fetten Thunfisch gefangen hatte. Poseidon hat geschworen, dass unser Boot nie wieder das Wasser sehen würde - und BUMM!" Er klatschte in die Hände. „Es landete hier, zwischen den Ziegen und den Steinen."

Martin sah skeptisch aus. „Ahso ... der Meeresgott Poseidon? Wirklich?"

Der Alte zwinkerte ihm zu. „Oder vielleicht war es ein besonders starker Sturm. Oder ein verrückter Onkel mit einem Traktor. Wer weiß das schon? Auf Kreta geschehen die Dinge manchmal einfach so."

Das war wohl wahr. Lisa kicherte. „Das klingt wie die beste Erklärung, die wir heute bekommen werden."

„Das ist Kreta, meine Kinder!", sagte der Alte mit einem breiten Grinsen. „Hier erwarten wir das Unerwartete. Und jetzt entschuldigt mich - ich muss meine Ziegen suchen." Mit diesen Worten humpelte er davon, als wäre es das Normalste auf der Welt, ein Fischerboot in den Bergen zu finden.

Martin und Lisa starrten ihm nach. Dann schauten sie zurück zum Kaiki.

„Poseidon, ein verrückter Onkel oder ein Kunstprojekt?", fragte Lisa.

„Oder alles zusammen", murmelte Martin und zog sein Handy heraus, um ein Selfie mit dem Boot zu machen. „Das ist eine Geschichte, die uns niemand glauben wird."

Sie genossen noch kurz die Aussicht auf das Meer, das in der Ferne glitzerte. Dann nahm Martin Lisa in die Arme. Sie gingen zum Mietwagen und fuhren weiter, mit einem grinsenden Alten, einem Fischerboot und einem Hauch von kretischem Zauber in ihren Gedanken.

Die verborgene Bucht

Als der junge Tourist Elias durch die engen, steinigen Gassen des kleinen Fischerdorfes an der Südküste Kretas schlenderte, zog ihn der Duft von frisch gegrilltem Fisch in eine winzige Taverne. Drinnen saß ein alter Mann, wettergegerbt und mit einem Bart, der wie Seetang über sein Kinn hing.

Sein Name war Nikos, ein Fischer, der fast sein ganzes Leben auf diesen Gewässern verbracht hatte. In einer Ecke der Taverne klimperten Bouzouki-Klänge, und die Luft war erfüllt vom Stimmengewirr der Einheimischen, die über die neusten Entwicklungen im Dorf debattierten - eine neue Schnellstraße, die Touristenflut, das Verschwinden der alten, überschaubaren Zeiten.

Elias setzte sich an den Tresen, bestellte einen Raki und beobachtete den alten Mann, der in die Ferne starrte, als würde er etwas jenseits der Wellen sehen. Schließlich brach Elias das Schweigen. „Ist das Leben hier immer so ruhig?", fragte er, in der Hoffnung, ein Gespräch zu beginnen.

Nikos drehte den Kopf leicht und schmunzelte schwach. „Ruhig, ja … aber auch vergänglich. Früher war das Meer unser Leben. Jetzt ist es nur noch ein Schauspiel für Touristen. Die Welt draußen...", er deutete mit einer knochigen Hand vage in Richtung der Küstenstraße, wo die Busse die Strände überfluteten, „sie rast vorbei, und ich bleibe stehen."

Elias, der selbst gerade aus einer hektischen Großstadt in Deutschland kam, nickte. Er fühlte sich seltsam verstanden von diesem Fremden, der zwischen ihm und der modernen Welt zu stehen schien, wie ein Relikt aus einer anderen Zeit. Sie unterhielten sich über die Jahre, die Nikos auf dem Meer verbracht hatte, über Stürme, die ihn beinahe verschluckt hätten, und über Sommer, als die Boote vor Fisch überquollen.

Doch dann, als die Taverne leerer wurde und die Schatten der Nacht aus den Ecken krochen, kam das Gespräch auf eine seltsame Geschichte, die Nikos mit einer fast ehrfürchtigen Stimme erzählte. „Es gibt da einen Ort, eine Bucht, die kaum jemand kennt. Sie erscheint nur, wenn die Sonne im Meer versinkt und das Licht sich spaltet, sie öffnet sich wie eine geheime Tür in die Vergangenheit."

Elias horchte auf: „Warum erzählst du mir das?"

Nikos hielt inne und sah Elias in die Augen. „Weil du mir zuhören willst, nicht nur den Geschichten, sondern dem, was dahinter liegt." Er lehnte sich näher, seine Stimme wurde leiser.

„In diese Bucht habe ich einst die Liebe meines Lebens gebracht. Sie war nicht von hier, eine Fremde, so wie du. Wir haben dort Nächte verbracht, so voller Leben und Licht, dass ich die Zeit vergessen habe. Bis sie eines Tages mit einem der ersten Flüge die Insel verließ, und ich blieb zurück."

Elias erkannte in diesen Worten mehr als nur die Geschichte eines Verliebten. Er spürte die Stille, die der Fischer um sich herum errichtet hatte, um sich vor der Geschwindigkeit der modernen Welt zu schützen. Und plötzlich wollte er mehr wissen … mehr von dieser Bucht, mehr von dieser Vergangenheit, die für Nikos noch lebendiger schien als der heutige Tag.

„Zeig mir diese Bucht", sagte Elias, fast trotzig, als wollte er beweisen, dass auch er sich noch dem Sog der Zeit entziehen konnte, wenn auch nur für einen Moment.

Nikos zögerte zunächst, dann nickte er langsam. „Morgen bei Sonnenuntergang. Aber sei gewarnt, du wirst dort mehr sehen als nur die Landschaft."

*

Am nächsten Abend trafen sie sich am alten Bootssteg. Nikos, der sich in einen löchrigen Mantel wickelte, zeigte mit einem Finger auf ein altes, hölzernes Fischerboot. „Das hier ist unser Gefährt. Es hat genauso viele Jahre auf dem Buckel wie ich. Aber es kennt den Weg."

„Das ist ein Kaiki", sagte er. Die liebevoll bemalte Oberfläche verriet seine Geschichte - schlichte Muster in verblassten Farben, eine breite Form und ein flacher Boden, ideal für die Küstengewässer der Insel. Es war eines jener traditionellen Boote, die seit Generationen den Fischern dienten und die Geheimnisse des Meeres in ihren Planken bewahrten. Nikos war einer der wenigen, die ein solches Boot noch regelmäßig nutzten, als gäbe es keinen anderen Weg, das Meer zu verstehen.

Sie fuhren hinaus, während die Sonne tiefer sank und das Meer in Flammen zu stehen schien. Die Wellen wogen das Boot sanft, und Nikos sprach von einer Zeit, in der die Liebe noch das Wichtigste und Größte in der Welt war - eine Wahrheit, die er in sich trug, die ihm heute jedoch nur wie ein ferner, vergessener Stern erschien. Elias lauschte. Er versuchte, sich vorzustellen, wie es war, als Nikos' Leben noch nicht aus stillen Tagen und flüchtigen Erinnerungen bestand, sondern aus einem Gefühl, das alles überstrahlte.

Schließlich erreichten sie die Bucht. Sie lag verborgen zwischen zerklüfteten Felsen, die im letzten Licht des Tages wie uralte Wächter über dem Wasser standen. Elias stieg aus dem Boot, spürte den feinen Sand unter seinen Füßen und blickte auf eine in den Fels geschlagene Inschrift, die fast vom Salzmeer verwittert war. Es war ein Liebesgedicht, in Nikos' Handschrift. Die Worte sprachen von einer ewigen Liebe, von der Sehnsucht nach einem Menschen, der gegangen ist und doch nie ganz verschwunden war:

> *„In diesem Sand, in diesem Licht,*
> *Trägt jede Welle dein Gesicht.*
> *Der Wind erzählt, was einst uns war,*
> *Doch du, mein Herz, bist fern und klar.*
>
> *So bleibst du hier, im Meer versteckt,*
> *Wo meine Liebe dich bedeckt.*
> *Die Zeit vergeht, der Stern verblasst,*
> *Doch was ich fühle, hält und fasst."*

Elias war bewegt und verwirrt zugleich. „Du hast das für sie hinterlassen?"

Während Elias und Nikos in der verborgenen Bucht saßen, vertieft in die Ruhe und die schattenhaften Erinnerungen, die der Ort heraufbeschwor, fragte Elias schließlich das, was ihm seit Nikos' erster Erzählung auf der Seele brannte: „Was ist mit ihr passiert, Nikos? Warum ist sie gegangen?"

Nikos sah hinaus aufs glitzernde Meer, als könnte er dort die Antwort finden. Eine lange Stille breitete sich aus, ehe er zu sprechen begann, leise, wie jemand, der sich vor dem Echo der eigenen Worte fürchtet.

„Ihr Name war Elena. Sie kam aus Athen, aber sie war hier, um der Enge ihrer Welt zu entfliehen. Sie wollte sich selbst finden, in den Wellen, im Wind, in der Weite Kretas. Ich war nur ein einfacher Fischer, aber sie ... sie sah mich, wie ich mich selbst nie gesehen hatte."

Er erzählte von jenen Sommermonaten, die sie in der Bucht verbrachten - wie sie zusammen lachten, sangen, sich über das Meer hinaus träumten, während die Sterne über ihnen funkelten. Für Nikos war Elena der erste Mensch, der ihn wirklich verstanden hatte, der ihn in seiner ganzen Einfachheit und Tiefe erkannte.

„Wir haben nie über die Zukunft gesprochen", sagte er dann, seine Stimme brüchig wie Treibholz, das an den Strand gespült wird. „Nur über das Jetzt. Es war... als könnten wir die Zeit anhalten. Aber das Leben lässt sich nicht aufhalten, weißt du."

Eines Morgens, erzählte Nikos, als der Sommer sich dem Ende zuneigte, war Elena plötzlich verschwunden. Sie hinterließ ihm einen Brief, der mittlerweile vom Salz des Meeres zerfressen und verblichen war, den er aber immer noch bei sich trug. Er zog ihn aus seiner Brusttasche. „Sie schrieb, dass sie zurück nach Athen müsse, zu ihrer Familie, ihren Verpflichtungen ... aber dass sie mich nie vergessen würde. Dass diese Bucht unser Geheimnis bleiben sollte."

Elias wollte wissen, warum Nikos ihr nie nachgefahren war, warum er sich mit dem Abschied abgefunden hatte. „Weil ich wusste, dass ich sie hier finden würde - immer, wenn ich es wollte. In der Erinnerung, in der Bucht. Athen war ihre Welt, Kreta war meine."

Aber dann wurde seine Stimme noch leiser, kaum mehr als ein Flüstern. „Manchmal frage ich mich, ob ich hätte kämpfen sollen. Ob ich sie hätte zurückholen sollen. Aber ich ... ich hatte Angst, dass ich sie in der Stadt verlieren würde. Und mich nicht in ihr zurechtfinden würde. Und so blieb ich bei dem, was ich kannte."

Nikos hatte nie erfahren, wie ihr Leben weiterging - ob sie sich wieder in die Strukturen ihres alten Lebens einfügte oder ob sie die Freiheit suchte, die sie einst in der Bucht gefunden hatte. Doch in all den Jahren kehrte er immer wieder an diesen Ort zurück, in der Hoffnung, dass es mehr gibt als die flüchtige Gegenwart.

Elias erkannte in diesem Moment, dass die offene Frage nach Elenas Schicksal das war, was Nikos' Herz in der Schwebe hielt - eine Mischung aus Hoffnung, dass sie irgendwo glücklich geworden war, und Trauer darüber, dass er nie wirklich ein Teil dieses Lebens werden konnte. Vielleicht, dachte Elias, waren es gerade die nicht gelebten Möglichkeiten, die Nikos an diese Bucht banden. Und in gewisser Weise war Elena dort immer noch bei ihm - im Rauschen der Wellen, im sanften Streifen der Abendbrise über die Felsen.

Nikos nickte kurz mit dem Kopf und seine Augen spiegelten das Licht des letzten Sonnenstrahls wider, der über den Horizont fiel. „Diese Bucht ... es war der einzige Ort, an dem wir wirklich wir selbst sein konnten, wo die Zeit stillstand, auch wenn die Welt draußen immer schneller wurde. Es war unser Geheimnis. Ich komme hierher, wenn ich mich erinnern will, wer ich einmal war."

In der Stille, die über das Wasser fiel, spürten sie beide die Schwere und den Trost, die von den alten Felsen ausging. Elias erkannte, dass Nikos seine Vergangenheit nicht loslassen konnte, weil sie der einzige Anker in einer Welt war, die sich für ihn zu schnell verändert hatte. Aber er verstand auch, dass diese Erinnerung den alten Mann am Leben hielt - dass die Liebe, so fernab sie auch sein mochte, ihm immer noch Schutz bot.

Als sie die Rückfahrt antraten, blieb Elias nachdenklich zurück. Er wusste, dass er in dieser Nacht mehr gefunden hatte als nur eine verborgene Bucht - eine Erinnerung an eine Zeit, in der die Dinge bedeutungsvoll und langsam waren, als die Liebe noch ein Kompass im Leben war.

Und während Nikos das Boot durch die Dunkelheit steuerte, fühlte Elias eine tiefe Dankbarkeit dafür, dass der alte Fischer ihm ein Stück seiner Seele gezeigt hatte.

Nikos fuhr langsam. Sie hatten in dieser Nacht alle Zeit der Welt. Nikos griff in eine Tasche, die er im Boot hatte, und zog eine Flasche Raki heraus. „Die müssen wir heute noch leeren", sagte er und reichte sie Elias. Der öffnete sie und nahm einen kräftigen Schluck daraus. „Jamas, auf uns."

Das Boot schaukelte sanft, während die beiden Männer in die Sterne blickten. Die milde Meeresluft umhüllte sie wie eine warme Umarmung.

Malia, 1997

Der Flug war lang und die Sitze unbequem gewesen. Die zwei alten Freunde aus Deutschland, Bernouli und Rolfako, landeten endlich auf Kreta. Beim Aussteigen beklagte sich Bernouli noch über die trockenen Sandwiches der Fluglinie, während Rolfako lieber schwieg und geduldig seine Ohrstöpsel ins Hörorgan drückte.

Ein Jahr zuvor hatten Bernie und Rolf ihre Bekannte Eftychia auf der Insel Lesbos besucht. Eftychia, eine warmherzige, studierte Griechin mit einem Faible für Spitznamen, hatte schnell festgestellt, dass die Aussprache der deutschen Namen nicht so leicht über die Lippen ging, weil sie für griechische Ohren wenig aussagten.

Bernie wurde von ihr zu "Bernouli" umgetauft, was für Eftychia viel melodischer klang und mit dem typisch griechischen "-ouli" eine Art liebevolle Koseform war. Rolf hingegen nannte sie "Rolfako", wobei das "-ako" eine Verkleinerungsform darstellte, die Zuneigung ausdrückte. Die beiden fanden die Namen so charmant, dass sie sie beibehielten und sich sogar gegenseitig damit auf die Schippe nahmen.

Am ersten Abend auf Kreta beschlossen sie, in Malia eine Taverne aufzusuchen. "Ein bisschen essen, ein bisschen trinken, und dann einfach entspannen", meinte Bernouli, während er sich die Schultern rieb. Rolfako nickte zustimmend, seine Gedanken aber kreisten mehr um eine kalte Flasche Retsina und einen Teller voll Moussaka.

Zum Meer hin fanden sie Malia zwar ganz nett, aber irgendwie auch arg touristisch und überlaufen. "Da ist ja mehr Englisch als Griechisch in der Luft", moserte Bernouli. Also schlugen sie den Weg zum alten Dorfkern ein, der sich nördlich der Hauptstraße versteckte.

Die schmalen, verwinkelten Gassen mit ihren blühenden Bougainvilleen gefielen ihnen tatsächlich viel besser. Alte, weiß getünchte Häuser, schiefe Steinmauern und kleine Läden mit handgewebten Teppichen und Olivenholzfiguren - das war von der Gemütlichkeit her genau ihr Ding.

Während sie so durch die schmalen Gassen schlenderten, knallte plötzlich jemand gegen Bernoulis Schulter. Eine Frau mittleren Alters, mit einem Kopftuch und einem alten, abgenutzten Rock, der ihre schmalen Beine umspielte.

Sie gestikulierte heftig, zeigte auf eine Karte, die sie unter Bernoulis Nase hielt. Es waren Bilder von allerlei Krimskrams mit Text in verschiedenen Sprachen: kleine bunte Glöckchen, kitschige Armbänder und kleine Glücksbringer, die sie offensichtlich verkaufen wollte. Doch kein Wort kam über ihre Lippen.

"Die ist wohl stumm", murmelte Bernouli leise zu Rolfako und warf der Frau einen mitleidigen Blick zu. "Arme Seele. Schau mal, was die alles schleppen muss." Er griff in seine Hosentasche, zog ein paar Euro-Scheine heraus und drückte sie der Frau in die Hand. Rolfako hob die Augenbrauen. "Was machst du denn da? Wir brauchen doch den ganzen Plunder nicht."

"Ach, komm! Hast du denn gar kein Herz? Du siehst doch, wie sie sich müht", schimpfte Bernouli. Rolfako zuckte nur mit den Schultern. "Herz hab ich schon, aber ich glaube, die weiß ganz genau, was sie tut. Das ist doch alles nur Geschäftemacherei."

Bernouli verdrehte die Augen. "Du hast immer so eine negative Einstellung. Man kann doch auch mal nett sein." Mit einem Seufzen setzte sich die Diskussion fort, während sie in die nächste Taverne einbogen. Eine klassische, gemütliche Atmosphäre erwartete sie: blau-weiß karierte Tischdecken, rustikale Holztische und der Duft von gegrilltem Fleisch, der ihnen sofort das Wasser im Mund zusammenlaufen ließ.

Der Clou an dem Lokal war, dass man nicht nur im Parterre, sondern auch im ersten Stock unter freiem Himmel sitzen konnte. Die beiden Freunde stiegen hinauf, ergatterten einen Tisch und ließen ihren Blick über den kleinen Platz unter ihnen schweifen. Fasziniert beobachteten sie das geschäftige Treiben und hoben den Kopf, um die funkelnden Sterne über ihnen zu bewundern.

Sie bestellen, was das Herz begehrte: Gegrillte Lammspieße, frischen Fisch, frittierte Zucchini und eine Karaffe Hauswein. Die Stunden verflogen, und mit jedem Glas Wein wurde die Stimmung lockerer. Rolfako erzählte von seinem letzten Schiffsausflug auf dem Bodensee, Bernouli prahlte mit seinen Tomaten im Garten - jeder mit seinen kleinen Geschichten des Alltags.

Als sie die Taverne schließlich verließen, war es längst dunkel. Der Dorfkern war noch lebendig, die Tavernen gefüllt mit lachenden Menschen, und in den Gassen erklang Musik. Sie schlenderten durch die Nachtluft, leicht schwankend und mit vollem Bauch. Da blieb Bernouli plötzlich stehen, als hätte ihn der Blitz getroffen.

"Schau mal! Ist das nicht ... die Frau von vorhin?" Er deutete auf einen kleinen Platz, auf dem sich eine Gruppe Menschen versammelt hatte. Und da stand sie tatsächlich, dieselbe Frau, die er kurz zuvor mit mitleidigem Blick bedacht hatte. Doch jetzt sah sie ganz anders aus - ohne Kopftuch, mit hübschen, mittellangen Haaren und lässig gestylt in Jeans. Laut lachend gestikulierte sie, erzählte auf überspitzte Art und Weise wohl von einem Erlebnis des Abends, während ihre Hände lebhaft durch die Luft wirbelten. Die Menschen um sie herum brachen immer wieder in schallendes Gelächter aus.

Bernoulis Gesicht entglitt. Der Mund stand ihm offen, und seine Augen weiteten sich, als hätte er ein Gespenst gesehen. Rolfako lehnte sich lässig gegen eine Mauer, verschränkte die Arme und grinste breit. "Na, sag ich doch, Bernouli. Geschäfte-macherei. Aber sie ist gut darin, das muss man ihr lassen. Vermutlich erzählt sie gerade, wie dämlich Touristen sind.“

Bernouli kratzte sich am Kopf, während ihm das ganze Schauspiel erst allmählich klar wurde. "Tja ... scheint, als hätten wir uns da etwas täuschen lassen." Er blickte noch einmal zu der Frau hinüber, die gerade eine besonders wilde Geste vollführte, was ihre Zuhörer in noch lauteres Lachen ausbrechen ließ.

Rolfako klopfte ihm auf die Schulter. "Wir? Nun, jetzt wissen wir ja, wer von uns beiden das größere Herz und das kleinere Urteilsvermögen hat, was?"

Bernouli schüttelte den Kopf und musste schmunzeln.

"Weißt du was? Lass uns morgen einfach wieder herkommen und schauen, was sie noch so auf Lager hat."

Und damit zogen die beiden weiter in die Nacht, auf der Suche nach dem nächsten Abenteuer - und vielleicht auch ein bisschen klüger als zuvor.

Das deutsche Grab

Der Wind trägt den Duft von Salz und Thymian über die Hügel, als ich die schmale Straße entlanglaufe, die zum Meer führt. Die Sonne steht tief, sie färbt die kretische Landschaft in warmes Gold, und die Zypressen, die sich in der Brise wiegen, werfen lange Schatten über den Weg. Mein Ziel ist das glitzernde Wasser, das ich in der Ferne schon sehen kann, doch auf halber Strecke entdecke ich etwas, das meinen Schritt bremst.

Am Rande der Klippen erstreckt sich ein orthodoxer Friedhof, klein, aber liebevoll angelegt. Die weißen Marmorgrabsteine leuchten hell in der Sonne, jedes mit einem Kreuz versehen und umrahmt von blühenden Oleandersträuchern. Die Grabinschriften in griechischer Schrift sind kunstvoll eingraviert; ihre Geschichten nur den wenigen bekannt, die sich hier einfinden, um der Verstorbenen zu gedenken.

Während ich den schmalen Weg zwischen den Gräbern entlanggehe, fällt mir ein Stein ins Auge, der sich von den anderen unterscheidet. Die Inschrift ist auf Deutsch:

„Johann Müller, 1921-1982. Ruhe in Frieden."

Zu meinen Füßen liegen frische Blumen - ein Bund roter Nelken, die im kühlen Schatten leise im Wind rascheln. In den folgenden Tagen gehe ich immer wieder an diesem Grab vorbei. Und immer sind es frische Blumen, die dort liegen, als hätten sie kaum den Morgentau verloren. Ich frage mich, wer diese Blumen hier ablegt und warum.

Eines Morgens, als der Himmel noch grau ist und die Wellen schäumend ans Ufer rollen, sehe ich eine alte Frau, gebeugt und mit einem bunten Kopftuch, vor dem Grab stehen. Ihr Gesicht ist tief in Falten gelegt, ihre Augen glänzen wie Bernstein. Ich nähere mich vorsichtig und frage sie nach den Blumen. Sie lächelt, ein bitter-süßes Lächeln, und lädt mich ein, neben ihr zu verweilen. Und so erzählt sie mir, während der Wind um uns weht, die Geschichte von Johann Müller.

*

Rückblende: Die 1950er- und 60er-Jahre auf Kreta waren von bitteren Erinnerungen an die Besatzungszeit geprägt. Der Schmerz und die Wut über die Schrecken, die die Deutschen während des Krieges angerichtet hatten, saßen tief in den Herzen der Menschen. Als Johann Müller, ein ehemaliger deutscher Soldat, eines Tages in das kleine Dorf kam und um Arbeit und eine Unterkunft bat, begegnete man ihm mit Misstrauen und stummer Feindseligkeit. Sein Gesicht war gezeichnet von den Jahren des Krieges, und sein Griechisch klang holprig, aber verständlich.

"Ich bin nicht hier, um zu vergessen", sagte er damals zu den wenigen, die ihm zuhörten. "Ich bin hier, um mich zu erinnern - und um zu helfen, wo ich kann."

Zuerst wollten sie nichts mit ihm zu tun haben. Die Geschichten der Alten wurden in den Tavernen erzählt, abends, wenn die Glut in den Kaminfeuern flackerte. „Er denkt, er kann hier etwas wiedergutmachen", sagten sie, die Gesichter versteinert. Doch Johann ließ sich nicht beirren. Er baute Zäune, half bei der Olivenernte, brachte den Kindern Lesen und

Schreiben bei, weil es keinen Lehrer im Dorf gab. Er lebte bescheiden, allein in einer kleinen, verlassenen Hütte am Rand des Dorfes, die zum Meer hinausblickte.

Eines Tages, als er auf dem Markt half, traf er Eleni. Sie war die Tochter eines Fischers, jung und stolz, mit Augen, die so tief und dunkel waren wie das Meer bei Sturm. Ihre Begegnung war wie ein Windstoß, der plötzlich das Blatt dreht - eine Begegnung, die sie beide veränderte. Doch Elenis Familie, die das Leid des Krieges noch im Herzen trug, war strikt gegen die Verbindung. „Wie kannst du einen Deutschen lieben?" fragten sie sie. „Du vergisst, was uns angetan wurde!"

Aber Eleni und Johann gaben nicht auf. Sie trafen sich heimlich am Strand, unter den Schatten der Olivenbäume, und ihre Liebe wuchs wie eine Flamme, die auch der stärkste Wind nicht löschen konnte. Mit der Zeit legte sich der Widerstand. Die Dorfbewohner sahen, dass Johann Eleni wirklich liebte und dass er die Schuld, die ihn drückte, ehrlich trug. So kam es, dass sie schließlich heirateten, in einer kleinen Kapelle auf einem Hügel, der das Dorf überblickte. An jenem Tag, so sagte die alte Frau mit einem Lächeln, schien die Sonne über Kreta so hell wie nie zuvor.

Nach der Hochzeit schien das Leben für Johann und Eleni in neuen Farben zu erstrahlen, so als würde das Tageslicht ein Stückchen heller über den Hügeln aufgehen. Die Dorfbewohner hatten sich allmählich daran gewöhnt, dass die beiden ihren Weg gemeinsam gingen, und auch wenn noch manche Blicke misstrauisch blieben, schien die anfängliche Kälte zu schmelzen wie der Schnee in den Bergen, der im Frühjahr das Land mit frischem Wasser speiste.

Johann und Eleni lebten in der kleinen, weißen Hütte am Rande des Dorfes, nahe den Olivenhainen, die sich wie ein grünes Meer über die hinter ihr ansteigenden Hügel erstreckten. Von hier aus konnte man die Sonne jeden Abend im Meer versinken sehen, während sich der Himmel in einem Spektakel aus Purpur und Gold verfärbte. An diesen Abenden saßen sie oft zusammen auf der Veranda, Eleni in ihrem bestickten Kleid, das sie an ihrer Hochzeit getragen hatte. Johann mit dem alten, abgenutzten Buch in der Hand, aus dem er versuchte, die griechischen Gedichte zu verstehen, die Eleni so liebte.

„Schau, Johann, das hier", sagte Eleni und zeigte auf eine Seite, auf der der Dichter über die Liebe schrieb, die wie eine Pflanze in der kargen Erde wächst. Johann mühte sich mit den Worten ab, aber Eleni lachte nur und nahm ihm das Buch aus der Hand. Sie übersetzte die Zeilen für ihn, mit leiser Stimme, und manchmal, wenn sie die Melancholie darin berührte, legte sie ihren Kopf an seine Schulter und lauschte dem Wind, der durch die Olivenbäume strich.

Doch es waren nicht nur diese ruhigen, sanften Momente, die ihre Liebe ausmachten. Es waren auch die Tage voller Lachen und Freude, die Johann und Eleni miteinander verbrachten. Sie tanzten bei den Dorffesten, wenn der Platz unter dem Sternenhimmel erleuchtet wurde und die alten Lieder gespielt wurden, die noch aus der Zeit stammten, als Kreta eine andere Welt war.

Anfangs mieden sie die beiden beim Tanzen, doch irgendwann zogen sie sie mit in den Kreis, und Eleni drehte sich, ihr Haar im Wind, während Johann stolpernd versuchte, die Schritte zu lernen, und dabei ein herzhaftes Lachen von den Dorfbewohnern erntete. Es war ein Lachen, das, wenn auch rau und ungeschliffen, ein Stück Akzeptanz in sich trug.

An den Sonntagen fuhren Johann und Eleni oft mit dem alten Eselskarren in die Landschaft hinaus, wo sie versteckte Buchten fanden, fernab von den bekannten Stränden. Dort legten sie sich auf die warmen Steine, lauschten dem rhythmischen Rauschen der Wellen und ließen die Zeit verstreichen, als wäre sie nichts weiter als ein Windhauch. Eleni schwamm oft hinaus, bis Johann nur noch eine kleine dunkle Silhouette auf den Wellen erkennen konnte, und rief ihr hinterher: „Nicht so weit, Eleni!" Sie winkte ihm lachend zu, und er konnte nie wirklich zornig auf sie sein, weil er wusste, dass sie sich in dieser ungezähmten Freiheit fand.

Und manchmal, wenn sie an den kühlen Abenden mit einem Glas Raki auf der Veranda saßen und die Zikaden ihre Lieder anstimmten, erzählte Johann von seiner Heimat, von den kalten Wäldern Deutschlands, die ihm fremd geworden waren, und von den Wintermorgen, an denen der Frost die Landschaft in ein silbriges Kleid gehüllt hatte. Eleni hörte ihm zu, und auch wenn sie die Sehnsucht in seiner Stimme spürte, wusste sie, dass er das Meer, das Land und auch sie liebte, mit einer Zärtlichkeit, die ihm niemand mehr nehmen konnte.

Es war eine Zeit, in der das Leben einfach und schwerelos erschien, trotz aller Schatten, die immer noch über ihnen schwebten. In diesen Momenten fühlten sie sich wie zwei verlorene Seelen, die inmitten all der rauen Felsen und Wellen einen kleinen Hafen gefunden hatten, der nur ihnen beiden gehörte. Sie wussten, dass die Vergangenheit nicht ungeschehen gemacht werden konnte, aber sie versuchten, ihre eigene kleine Zukunft zu bauen, Stein für Stein, im Schatten der Olivenbäume und im Glanz der kretischen Sonne.

In diesen Jahren erlebten sie ihre schönste Zeit, voller Hoffnung und stiller Freude. In dieser Zeit wurde Eleni dann schwanger.

Johann sah sie wenige Monate später mit einem sanften Lächeln an, während sie ihre Hand auf ihren Bauch legte. Es war die Verheißung einer neuen, noch unbekannten Zukunft - eine Zukunft, die sie beide mit der Zuversicht annahmen, dass sie ihre Liebe über jede Hürde hinwegtragen würde.

Das Paar bekam am Ende zwei Kinder, und Johann fand endlich ein Stückchen Frieden in den kleinen Freuden des Alltags - im Lachen des gemeinsamen Nachwuchses, im Duft des Lavendels vor ihrem Haus, in den langen Abenden auf der Veranda, als Eleni ihm Griechisch beibrachte. Doch das Glück währte nicht ewig.

Eines verregneten Abends im Frühjahr 1982 fuhr Johann mit dem alten Pickup zurück von der Stadt. Auf der kurvigen Straße verlor er die Kontrolle, der Wagen rutschte und stürzte den Abhang hinunter. Er starb noch am Unfallort.

Die Beerdigung war schlicht, aber voller Gefühl. Der Priester sprach sanft, und die Dorfbewohner, die einst so gegen ihn gewesen waren, standen still da und warfen Erde auf den Sarg, während Eleni weinte. Einer der alten Männer murmelte etwas über die Vergänglichkeit des Lebens, eine Leichenrede auf seine Art, und sprach davon, dass auch ein Fremder hier zur Erde zurückkehren dürfe, wenn sein Herz auf Kreta vergraben liege. Einige Menschen weinten, als Johann begraben wurde, nicht nur um ihn, sondern auch um die Erinnerungen und die Geschichten, die mit ihm unter die Erde gingen.

Nach seinem Tod pflegte Eleni das Grab, legte Blumen ab und sprach leise mit ihm, als säße er immer noch neben ihr auf der Veranda. Einige Jahre später bekam sie Krebs.

Als auch sie starb, übernahmen die Kinder die Pflege des Grabes, doch bald zog es sie fort aufs Festland, um ihr Leben mit den eigenen Familien zu führen. Sie waren nur noch sporadisch auf der Insel. So wurde es den alten Dorfbewohnern zur Aufgabe, sich um das Grab zu kümmern, aus Respekt und Dankbarkeit gegenüber der Familie, die ihnen gezeigt hatte, dass sich auch Wunden schließen können, wenn man es nur zulässt.

*

Die alte Frau beendet ihre Erzählung und streicht sich eine Träne von der Wange. Der Wind hat nachgelassen, und in der Ferne rauscht leise das Meer. Wir stehen noch eine Weile schweigend nebeneinander.

Dann danke ich ihr für die Geschichte, die so viele Jahre überdauert hat, und sie drückt meine Hand. „Er war keiner von uns", sagt sie leise, „aber auch nicht ganz ein Fremder. Vielleicht sind wir alle ein bisschen beides, wenn die Zeit nur lange genug vergeht."

Ich nicke und sehe zum Grab hinüber, zu den frischen Blumen, die wieder im Wind wiegen. Vielleicht, denke ich, bleibt uns Menschen nichts anderes, als den Schmerz zu tragen und das Leben in seiner ganzen Unvollkommenheit zu umarmen. Und so gehe ich wieder den Weg hinunter zum Meer, während die Sonne langsam über Kreta höher steigt und die Wellen sanft den Strand küssen.

Kostas und Maria

Die Begegnung

Es war ein warmer Sommertag auf Kreta, als Maria das erste Mal auf Kostas traf. Die Sonne brannte gnadenlos vom Himmel, doch in den Bergen, wo das kleine Dorf ihrer Familie lag, brachte der Wind vom Meer eine leichte Kühle mit sich. Die kretische Landschaft erstreckte sich weit vor ihren Augen - terrassenförmig angelegte Olivenhaine, goldgelb flimmernde Weizenfelder, die sich an die zerklüfteten Berghänge schmiegten. In der Ferne konnte Maria das Glitzern des Meeres sehen, das wie ein endloser, silberner Teppich am Horizont lag.

Maria war auf dem Weg zum Wochenmarkt im nächstgelegenen Ort, einem kleinen, geschäftigen Platz, umgeben von weiß getünchten Häusern und engen Gassen, die von Bougainvilleen überwuchert waren. Dort trafen sich die Menschen aus den umliegenden Dörfern, um Gemüse, Käse und Olivenöl zu verkaufen und Neuigkeiten auszutauschen. Für Maria war es ein vertrauter Anblick - doch an diesem Tag sollte sich alles ändern.

Während sie über den Platz ging, ihre Korbtasche gefüllt mit frischen Tomaten und Zucchini, bemerkte sie eine Gruppe junger Männer, die bei einem Kaffeehaus lachten. Einer von ihnen fiel ihr sofort auf - groß, mit dunkelbraunem Haar, das in der Sonne glänzte, und einem verschmitzten Lächeln. Er wirkte anders als die Bauern und Hirten, die Maria kannte. Seine Kleidung war modern, und in seinem Blick lag eine Energie, die sie fesselte.

Ihre Blicke trafen sich, und für einen Moment blieb die Zeit stehen. Der Lärm des Marktes, das Geschrei der Händler, das

Geschwätz der alten Frauen - all das verblasste. Es gab nur sie beide. Ein leichtes Lächeln umspielte Marias Lippen, doch bevor sie sich ganz in seinen Augen verlieren konnte, wandte sie sich hastig ab. Ihr Herz schlug schneller, und sie spürte die Hitze, die nicht nur von der Sonne kam, in ihren Wangen aufsteigen.

Doch der junge Mann ließ sie nicht aus den Augen. Als Maria den Marktplatz verlassen wollte, hörte sie hinter sich schnelle Schritte. „Entschuldigung, Fräulein, darf ich fragen, wie Sie heißen?" Die Stimme war warm und freundlich, mit einem leichten, städtischen Akzent, der ihn als einen Fremden in ihrem Dorf verriet.

Maria blieb stehen und drehte sich langsam um. Da stand er, das verschmitzte Lächeln immer noch auf den Lippen, doch in seinen Augen lag eine freundliche Neugier. „Maria", antwortete sie zögerlich.

„Maria", wiederholte er, als schmecke er ihren Namen auf der Zunge. „Ich bin Kostas. Ich komme aus Heraklion. Meine Familie besitzt Land hier in der Nähe."

Maria nickte nur, unsicher, was sie sagen sollte. Heraklion, die Hauptstadt von Kreta. Sie konnte sich nicht vorstellen, wie es wäre, dort zu leben, in der Hektik und dem Trubel der Stadt, weit weg von den ruhigen, vertrauten Bergen. Und doch faszinierte sie dieser junge Mann, der so anders war als alles, was sie kannte.

„Freut mich, dich kennenzulernen, Maria", sagte er, bevor er sie mit einem schelmischen Lächeln musterte. „Vielleicht sehen wir uns ja wieder."

Maria konnte nur stumm nicken, doch als sie den Platz verließ, fühlte sie, wie sich etwas in ihr veränderte. Etwas, das sie noch nicht ganz verstehen konnte.

Das erste Treffen am Strand

Ein paar Tage später, als die Sonne sich bereits dem Horizont neigte und die Hitze des Tages einer angenehmen Abendkühle wich, fand Maria sich am Strand wieder. Es war ein Ort, an dem sie oft Zuflucht suchte, weit weg von den Sorgen und Pflichten des täglichen Lebens. Die kretische Küste war rau und majestätisch, mit schroffen Felsen, die sich ins tiefblaue Meer stürzten, und kleinen Buchten, die wie geheime Oasen zwischen den Felswänden verborgen lagen. Der Duft von Salz und Pinien lag in der Luft, und die Wellen rollten sanft an den Strand, als wollten sie die Erde küssen. Gottseidank war dieser ruhige Ort für sie mit dem Auto leicht erreichbar.

Maria setzte sich in den Sand und ließ ihre Gedanken treiben, als sie plötzlich Schritte hinter sich hörte. Sie drehte sich um - und da stand er. Kostas. Sein Haar war zerzaust vom Wind, und seine Augen strahlten im warmen Licht des Sonnenuntergangs. War es Zufall oder Fügung? Das konnte kein Zufall sein.

„Ich wusste, dass ich dich hier finde", sagte er mit einem leichten Lächeln, während er sich neben sie setzte. Sie sah ihn überrascht an, doch innerlich spürte sie eine seltsame Freude. Hatte er sie tatsächlich gesucht?

„Warum bist du hier?" fragte sie schließlich, die Augen auf das Meer gerichtet.

„Ich musste einfach nachdenken", antwortete er, doch in seinem Blick lag etwas, das ihr verriet, dass es mehr war als nur Nachdenken. „Und du?"

Maria zuckte mit den Schultern. „Ich komme oft hierher. Es ist ruhig."

Für eine Weile saßen sie schweigend nebeneinander, beide in ihre Gedanken versunken. Doch es war kein unangenehmes Schweigen. Die Welt um sie herum schien still zu stehen - nur das Meer sprach in seinem ewigen Rhythmus.

Schließlich brach Kostas das Schweigen. „Weißt du, ich komme oft hierher, seit meine Familie das Land an der Küste besitzt. Meine Eltern wollen Rendite erwirtschaften. Sie reden davon, ein Hotel zu bauen - etwas Großes, Modernes."

Maria runzelte die Stirn. „Ein Hotel? Hier? Noch eines?" Das war es also, was ihn eigentlich herführte.

Kostas nickte. „Ja. Sie sehen es als eine Chance - eine Möglichkeit, in die Zukunft zu investieren. Aber ich bin mir nicht sicher. Es fühlt sich ... falsch an, weißt du?"

Maria schaute ihn an, überrascht über seine Worte. „Wieso?"

Er zögerte, bevor er antwortete. „Weil ich sehe, wie die Menschen hier leben. Wie sie an ihrer Geschichte festhalten, an der Tradition. Ein Hotel würde das alles verändern. Aber ..." Er sah sie an, seine Augen voller Zweifel. „Manchmal frage ich mich, ob wir nicht alle mit der Zeit gehen müssen. Ob das der Preis ist, den wir zahlen müssen, um zu überleben."

Maria spürte, wie sich in ihr ein Sturm von Gefühlen regte. Kostas sprach aus, was sie nie laut gedacht hatte - dass die Welt um sie herum sich veränderte, dass die alten Traditionen vielleicht nicht mehr ausreichten, um das Leben, das sie liebte, zu bewahren. Und doch war der Gedanke, alles aufzugeben, was ihre Familie und ihr Dorf ausmachte, für sie unvorstellbar.

„Ich weiß es nicht", flüsterte sie schließlich. „Ich weiß nur, dass ich nicht will, dass sich alles ändert."

Kostas legte eine Hand auf ihren Arm, und seine Berührung war warm und beruhigend. „Vielleicht können wir einen Weg finden, beides zu bewahren - die Tradition und die Zukunft."

Maria sah ihn an, und in diesem Moment wusste sie, dass ihre Leben miteinander verbunden waren, ob sie es wollten oder nicht.

Die heimlichen Treffen

Die Tage vergingen, und Maria und Kostas verabredeten sich immer wieder. In den Bergen, am Strand, in den Olivenhainen - stets heimlich, fern von den neugierigen Augen ihrer Familien und Dorfbewohner. Jeder Moment mit ihm fühlte sich an wie eine kleine Flucht aus der Realität, eine Blase, die sie umgab, während die Welt draußen weiterging.

Eines Abends, als die Sterne hell über den kretischen Bergen funkelten und das Zirpen der Zikaden die einzige Begleitung zu ihren Stimmen war, saßen sie in einer versteckten Schlucht, wo ein schmaler Bach leise plätscherte. Sie liebten diesen Ort - den Schutz, den die Felsen boten, und die Stille, die sie nur hier fanden. Hier schien die Welt um sie herum stillzustehen, als gehöre die Zeit allein ihnen.

Die Felsen, von der Sonne des Tages aufgeheizt, gaben noch immer Wärme ab, und die Luft war erfüllt vom Duft der wilden Kräuter, die in den Ritzen wuchsen - Thymian, Rosmarin, Lavendel. Das war auch der Ort gewesen, an dem sie sich zum ersten Mal wirklich nähergekommen waren und geküsst hatten.

„Ich wünschte, es könnte immer so sein", sagte Maria leise und lehnte ihren Kopf an Kostas' Schulter. Sein Arm lag um sie, und sie fühlte sich geborgen.

„Es könnte", flüsterte Kostas, doch seine Stimme verriet den Zweifel, der in ihm nagte. Beide wussten, dass ihre Liebe nur im Geheimen existieren konnte, solange ihre Familien uneins über die Zukunft des Landes waren. „Aber wir können nicht ewig vor unseren Familien fliehen."

Maria seufzte und schloss die Augen. „Ich weiß. Aber was, wenn sie uns niemals verstehen werden? Was, wenn wir gezwungen sind, uns zu entscheiden - zwischen ihnen und uns?"

Kostas schüttelte den Kopf, als würde er die Gedanken fortjagen wollen, die sich wie dunkle Wolken über ihnen zusammenzogen. „Wir könnten versuchen, sie zu überzeugen, aber was würde es ändern? Meine Familie würde niemals akzeptieren, dass ich mein Leben für ein paar Olivenhaine und Schafe aufs Spiel setze. Und deine Familie würde nie verstehen, warum du dich auf jemanden einlässt, dessen Vater die Insel noch mehr in einen Touristenort verwandeln will."

Maria hob den Blick, ihre Stimme bebte. „Es geht nicht nur um uns, oder? Es geht um ihren Stolz, ihre Erwartungen. Du weißt, wie mein Vater ist. Wenn er erfährt, dass wir zusammen sind, wird er dich niemals akzeptieren. Vielleicht nicht einmal mich."

„Und genau das ist es, Maria." Kostas' Stimme war heiser. „Wenn wir einfach unser Ding durchziehen, ziehen wir den

Krieg nur noch mehr an. Wir würden alles noch schlimmer machen - die Streitereien, die Kälte, vielleicht sogar etwas, das wir nicht mehr rückgängig machen können."

Maria schwieg, aber in ihren Augen lag der gleiche Schmerz, den Kostas fühlte. Ihre Liebe war wie ein zarter Schmetterling, der zwischen ihren Händen schwebte, bedroht von den harten Winden, die um sie heraufzogen.

Kostas legte einen Arm um sie, zog sie näher an sich und sah hinaus auf die dunklen Silhouetten der Berge. „Es sind die alten Kämpfe, die zwischen ihnen stehen - und jetzt zwischen uns", sagte er leise. „Deine Familie, die seit Generationen hier oben lebt, die Felder bestellt, die Olivenhaine pflegt ... für sie ist das Leben ein Erbe, das sie bewahren müssen. Alles, was sich ändert, bedroht ihre Welt."

Maria nickte, spürte die Wahrheit in seinen Worten, doch die Schwere davon drückte auf ihre Brust. „Und deine Familie? Sie sehen die Zukunft nur im Fortschritt, im Geld, in dem Hotel, die sie bauen wollen. Sie glauben, dass man die Vergangenheit hinter sich lassen muss, um überhaupt voranzukommen. Für sie sind Traditionen nur ... romantische Geschichten für Touristen."

„Genau." Kostas starrte ins Leere, seine Stimme war bitter geworden. „Für meine Familie bist du die, die mich in diese Berge zieht, die mich an etwas bindet, das sie längst hinter sich lassen wollen. Und für deine Familie bin ich der, der ihre Welt zerstören will. Sie sehen uns nur als Gegensätze, nicht als Menschen."

Maria drehte sich zu ihm um, ihre Augen suchten die seinen. „Wie sollen wir zwischen so viel Stolz, so viel Sturheit, bestehen? Sie würden uns niemals akzeptieren."

Ein bitteres Lächeln huschte über sein Gesicht. „Weil sie sich nicht ändern wollen. Weil sie in ihrer Verbohrtheit das Leben selbst vergessen haben."

Für einen Moment herrschte nur Stille zwischen ihnen, abgesehen vom sanften Rascheln der Blätter im Wind. Kostas' Hand hielt die ihre fester, als wolle er sie daran hindern, zu gehen, selbst wenn er wusste, dass die Last auf ihren Schultern immer schwerer wurde.

Kostas' Hand strich sanft über ihr Haar. „Ich werde dich nicht verlieren, Maria. Nicht wegen dieser alten Fehden."

Maria öffnete die Augen und blickte zu den Sternen auf, die wie Diamanten über ihnen funkelten. Sie wusste, dass die Welt um sie herum sich veränderte - und dass sie gemeinsam einen Weg finden mussten, diese Veränderung zu überstehen.

Der Tanz auf dem Dorfplatz

Es war das Fest von Agios Georgios, dem Schutzheiligen der Bauern und Hirten, und das ganze Dorf hatte sich auf dem kleinen Platz versammelt. Die steinernen Häuser, die sich eng um den Platz schmiegten, waren mit bunten Lichterketten geschmückt, und über allem lag der Duft von gegrilltem Lammfleisch und frischem Brot. Der Klang von Lyra und Laouto erfüllte die Luft, und junge Paare drehten sich lachend im Kreis, ihre Füße wirbelten den Staub auf der alten Steinstraße auf.

Maria stand am Rand des Geschehens, in ihrem einfachen Kleid, das unter der Sonne verblasst war. Ihre langen dunklen Haare fielen lose über ihre Schultern, und ihre Wangen waren von der Hitze des Tages leicht gerötet. Sie beobachtete die Tänzer, fühlte sich aber nicht ganz dazugehörig. Ihre Gedanken waren bei Kostas, den sie hier nicht sehen würde. Sein

Platz war nicht in den Bergen - nicht auf einem Dorfplatz wie diesem, mit Leuten, die er kaum verstand.

„Maria! Komm tanzen!", rief ihr Cousin Yiannis, der mit einer Gruppe junger Männer am Feuer stand und bereits ein Glas Raki in der Hand hielt. Doch sie schüttelte nur den Kopf und lächelte schwach.

In diesem Moment spürte sie eine Präsenz hinter sich. Als sie sich umdrehte, stand Kostas da, abseits vom Trubel, in Jeans und einem weißen Hemd, das sich von den traditionelleren Trachten der Männer um sie herum abhob. Sein Blick suchte den ihren, und als sich ihre Augen trafen, schien der Lärm der Musik und der Feierlichkeiten für einen Moment zu verstummen. Niemand aus ihrer Welt hätte erwartet, ihn hier zu sehen, und doch war er gekommen.

„Du bist hier", flüsterte sie, als er sich ihr langsam näherte, seine Bewegungen unsicher, als würde er spüren, dass er nicht hierher gehörte.

„Ich wollte dich sehen. Und ... ich wollte sehen, was dir so wichtig ist", antwortete er. Seine Stimme war leise, fast ehrfürchtig, als er über den Dorfplatz blickte. Der Tanz, das Lachen, die Tradition - all das war ihm fremd, aber er konnte spüren, wie tief es in Marias Seele verwurzelt war.

„Es ist nicht einfach, Kostas", sagte sie leise und sah ihm direkt in die Augen. „Du gehörst nicht hierher, und ich ... ich bin nicht sicher, ob ich in deine Welt passe."

Bevor er antworten konnte, schob sich Yiannis mit einem breiten Grinsen zwischen sie. „Wer ist dein Freund, Maria?", fragte er laut, offensichtlich neugierig, wer der Fremde war. Die Aufmerksamkeit einiger anderer Dorfbewohner richtete sich auf Kostas, und Maria fühlte, wie sich die Atmosphäre veränderte. Es war, als hätte er eine unsichtbare Grenze überschritten.

„Das ist Kostas", sagte sie schnell, bevor noch mehr neugierige Blicke auf sie gerichtet wurden. „Er ist ... ein Freund der Familie."

Yiannis nickte, aber die skeptische Art, wie er Kostas musterte, entging niemandem. „Ein Freund also. Nun, hoffentlich mag dein Freund Raki!" Er lachte laut, hob sein Glas und reichte Kostas ein zweites, das auf einem Tablett neben ihm zwischen vielen anderen stand.

Kostas zwang sich zu einem Lächeln und nahm das Glas, das ihm gereicht wurde, doch Maria konnte die Spannung spüren. Dieser Ort, diese Menschen - sie waren nicht bereit für jemanden wie Kostas, der mit modernen Plänen und einem anderen Lebensstil in ihre enge Gemeinschaft trat.

Als sie sich wieder auf die Tanzfläche bewegten, zog Kostas Maria sanft zur Seite, weg von den neugierigen Blicken. Sie spürte seine Hand an ihrer, warm und fest, und trotz allem, was sie trennte, fühlte sie sich bei ihm sicher.

„Ich wollte das sehen, weil ich verstehen muss, was dir so wichtig ist, Maria", sagte er, und seine Augen suchten die ihren. „Aber ich will auch, dass du meine Welt verstehst. Du hast eine Verbindung zu diesem Land, zu diesen Menschen - ich habe das verstanden. Aber ich will auch, dass du siehst, was wir gemeinsam erreichen könnten."

„Es ist nicht so einfach", flüsterte sie, während ihre Finger seine Hand fester umfassten. „Das Land ist nicht nur Land für uns. Es ist unser Leben, unsere Vergangenheit."

Kostas nickte, doch in seinen Augen lag ein entschlossener Ausdruck. „Und was ist mit der Zukunft? Können wir nicht beides haben - die Vergangenheit ehren und die Zukunft gestalten?"

Maria schwieg. Die Frage hing schwer in der Luft zwischen ihnen, während das Lachen und die Musik des Dorfes um sie herumwirbelten. Doch in diesem Moment, als sie in seine Augen blickte, wusste sie, dass sie einen Weg finden mussten - oder alles verlieren würden.

Der Streit

Der frühe Morgen lag wie eine stille Decke über den Bergen Kretas, und das erste Licht der Sonne tauchte die terrassenförmigen Olivenhaine in ein weiches Gold. Die Küche von Marias Familie war erfüllt vom dumpfen Kneten des Brotteigs, den ihre Mutter mit den kräftigen Händen bearbeitete. Sie waren gezeichnet von jahrzehntelanger Feldarbeit. Der Duft von frischem Brot und Oregano hing in der Luft, doch heute schmeckte Maria dieser Geruch bitter. Sie saß am Tisch, die Finger um eine Tasse heißen griechischen Kaffee geschlungen, und starrte ins Leere. Ihre Gedanken waren bei Kostas - bei seinen Worten, bei seiner Entschlossenheit.

Die dumpfen Schritte ihres Vaters draußen, als er sich um die Schafe kümmerte, gaben den Takt der Morgenroutine vor, doch Maria fühlte sich, als würde sie außerhalb dieser Welt stehen. Schließlich konnte sie nicht mehr schweigen.

„Mama, ich muss dir etwas sagen", begann sie leise. Ihre Stimme klang schwach, fast wie ein Windhauch, der durch die Küche wehte.

Ihre Mutter hielt inne, legte den Teig beiseite und wischte sich mit einem Tuch die Hände ab, bevor sie sich zu Maria setzte. „Was ist los mit dir, Maria? Du bist in letzter Zeit nicht du selbst", sagte sie mit sanfter Besorgnis in der Stimme, doch ihre Augen musterten Maria scharf.

Maria wusste, dass ihre Mutter längst spürte, dass etwas nicht stimmte. Sie zögerte, doch sie konnte die Worte nicht länger zurückhalten. „Ich habe jemanden kennengelernt."

Die Augen ihrer Mutter verengten sich leicht, doch sie sagte nichts. Stattdessen wartete sie geduldig, während Maria tief durchatmete und fortfuhr.

„Er heißt Kostas. Er kommt aus Heraklion und hat in Athen studiert ... seine Familie besitzt Land an der Küste. Sie wollen dort ein großes Hotel zu bauen."

Für einen Moment blieb die Küche still. Das einzige Geräusch war das entfernte Blöken der Schafe draußen und das leise Summen der Zikaden, die das Dorf seit dem Morgengrauen erfüllten. Die Spannung, die in der Luft hing, war fast greifbar, als Maria die Reaktion ihrer Mutter erwartete.

„Und was willst du damit sagen?" Die Stimme ihrer Mutter klang ruhig, fast zu ruhig, aber in ihren Augen blitzte etwas auf. Ein Funken, der Gefahr ankündigte.

„Ich ... ich liebe ihn", flüsterte Maria schließlich. Die Worte fühlten sich an, als würden sie die Stille in der Küche zerreißen. Ihre Mutter blieb für einen Moment regungslos, doch ihre Augen wurden dunkler, härter.

„Liebe?", wiederholte sie leise, während sie Maria durchdringend ansah. „Maria, du weißt, was auf dem Spiel steht. Dieses Land - es ist unser Leben. Deine Großeltern, deine Urgroßeltern ... sie haben hier gearbeitet, dieses Land gepflegt, damit wir überleben. Ein Hotel? Ist das die Zukunft, die du dir wünschst?"

Maria schüttelte den Kopf, aber Tränen stiegen in ihre Augen. „Es ist nicht so einfach. Kostas sieht die Dinge anders. Für ihn ist das eine Chance - für uns alle."

„Für uns alle?" Die Stimme ihrer Mutter wurde schärfer, und sie schlug mit der Hand auf den Tisch. „Für wen, Maria? Für die Touristen, die kommen und gehen, während unser Land verschwindet? Was bleibt dann für deine Kinder, für ihre Zukunft?"

„Mama, bitte", flehte Maria, ihre Hände zitterten, als sie die Tasse abstellte. „Ich liebe dieses Land genauso wie du, aber ich liebe auch Kostas. Es muss doch einen Weg geben, beides zu vereinen!"

Doch ihre Mutter stand abrupt auf, drehte ihr den Rücken zu und blickte aus dem Fenster auf die weite Landschaft. Die kargen Berge, die sanften Hügel mit den Olivenhainen, das Land, das ihre Familie über Generationen erhalten hatte. „Ich habe immer gewusst, dass die Welt sich verändert", sagte sie leise, fast zu sich selbst. „Aber ich habe gehofft, dass du stark genug bist, um zu verstehen, was wirklich zählt."

Maria starrte auf den Tisch vor ihr. Die Worte ihrer Mutter schnitten tief, und obwohl sie wusste, dass es aus Liebe geschah, fühlte sie sich, als würde sie in zwei Teile zerrissen.

Die Begegnung in der Schlucht

Es war später Nachmittag, als Maria beschloss, allein in die Berge zu gehen. Die sengende Hitze des Tages wich langsam einer angenehmen Kühle, und die Schatten der Olivenbäume wurden länger. Maria folgte einem schmalen Pfad, der sich durch die steinigen Hänge zog, bis sie die kleine Schlucht erreichte, die sie seit ihrer Kindheit kannte. Es war ihr Rückzugsort, ein Ort der Stille und des Friedens, wo sie nachdenken konnte.

Die Wände der Schlucht ragten hoch auf, und unten gluckerte ein schmaler Bach, der von den letzten Regenfällen gespeist wurde. Die Luft war erfüllt vom erdigen Geruch des Wassers, gemischt mit dem würzigen Duft des wild wachsenden Thymians. Maria setzte sich auf einen flachen Felsen und blickte auf das Wasser, das sich seinen Weg durch die Felsen bahnte.

Plötzlich hörte sie Schritte hinter sich. Sie drehte sich um und sah Kostas, der ihr gefolgt war. Er war außer Atem, als er neben ihr zum Stehen kam, doch in seinen Augen lag dieselbe Entschlossenheit wie an jenem Abend auf dem Dorfplatz.

„Ich wollte dich treffen und sah dich aus dem Haus kommen. Ich bin dir gefolgt", sagte er leise und setzte sich neben sie auf den Felsen. Eine Weile schwiegen sie beide, hörten nur das Plätschern des Baches und das ferne Summen der Zikaden. Es war, als würden die Berge selbst ihnen Raum geben, um die Schwere ihrer Situation zu begreifen.

„Meine Mutter ...", begann Maria schließlich, ihre Stimme kaum mehr als ein Flüstern. „Sie versteht es nicht. Sie glaubt, dass ich alles verrate, wenn ich dich liebe."

Kostas sah sie an, und sein Blick wurde weich. „Ich habe mit meinem Vater gesprochen", sagte er ruhig. „Auch er versteht es nicht. Für ihn ist es eine einfache Rechnung - Land gegen Geld, Tradition gegen Fortschritt."

Maria seufzte tief und ließ ihren Blick über die raue Schönheit der Landschaft schweifen. Die Felsen, die zerklüfteten

Berghänge, die wilden Kräuter, die sich an den Rändern fest-
klammerten - all das war ein Teil von ihr. Und doch konnte sie
die Sehnsucht in Kostas' Augen nicht ignorieren, seine Vision
von einer anderen Zukunft, in die sie beide gemeinsam gehen
konnten.

„Ich weiß nicht, wie wir das schaffen sollen, Kostas", flüsterte sie. „Es fühlt sich an, als würde sich die Welt gegen uns
stellen."

Kostas legte eine Hand auf ihre, und sein Griff war fest und
beruhigend. „Wir müssen einen Weg finden", sagte er ent-
schlossen. „Wenn wir es nicht tun, wird die Entscheidung für
uns getroffen. Von unseren Eltern, von der Welt ... und dann
bleibt uns nichts."

Maria spürte die Tränen, die in ihren Augen brannten, doch
sie hielt sie zurück. Sie wusste, dass Kostas die richtige Einstellung hatte. Wenn sie nicht bald einen Weg fanden, würde
die Kluft zwischen ihren Familien, zwischen ihren Welten, sie
endgültig trennen.

Der Vorschlag

Es war ein Tag später, als Maria beschloss, noch einmal mit
Kostas zu reden. In ihrem Herzen tobte ein Sturm aus Schuld,
Pflichtbewusstsein und Liebe. Ihre Mutter hatte seit dem Streit
kaum ein Wort mit ihr gewechselt, und ihr Vater spürte die
angespannte Stille, die sich wie ein unsichtbarer Schleier über
das Haus gelegt hatte. Doch Maria wusste, dass sie nicht länger in dieser Ungewissheit leben konnte. Ein Weg musste gefunden werden.

Sie ging hinunter zur Küste, wo Kostas und seine Familie in
einem großen, weißen Haus lebten, das in scharfem Kontrast

zu den alten Steinhäusern in den Bergen stand. Die Hitze des späten Nachmittags hatte die Luft still werden lassen, und das Meer lag wie ein funkelndes Band aus Silber am Horizont.

Kostas wartete bereits auf sie, wie er es versprochen hatte. Er lehnte gegen sein Auto, die Arme vor der Brust verschränkt, und sah aus, als trüge er die Sorgen der ganzen Welt auf seinen Schultern. Als Maria auf ihn zukam, erhellte sich sein Gesicht jedoch sofort, und er trat ihr entgegen.

„Du bist hier", sagte er, als hätte er daran gezweifelt, dass sie wirklich kommen würde.

Maria nickte und blieb stehen, ihre Hände tief in den Taschen ihres Kleides vergraben. „Wir müssen reden, Kostas", sagte sie leise. „Ich kann das nicht mehr. Es zerreißt mich."

Kostas trat näher, seine Stirn in Falten gelegt. „Ich weiß. Es geht mir genauso. Aber ich glaube, ich habe eine Idee, wie wir es schaffen könnten."

„Wie?" Maria hob den Blick, und in ihren Augen lag eine Mischung aus Hoffnung und Zweifel.

Kostas zögerte kurz, dann holte er tief Luft. „Wir können das Land nicht einfach aufgeben - das weiß ich jetzt. Kreta ist dir wichtig, und es ist Teil von dir. Aber was, wenn wir es anders machen? Was, wenn wir das Land behalten und gemeinsam ein Projekt starten, das sowohl deine Familie als auch meine überzeugt?"

Maria runzelte die Stirn. „Was meinst du?"

Kostas lächelte, und in seinen Augen blitzte die Entschlossenheit auf, die sie so oft an ihm bewundert hatte. „Was, wenn wir das Land für etwas nutzen, das sowohl die Tradition als auch die Zukunft respektiert? Kein riesiger Hotelkomplex, der alles verschlingt - sondern ein kleiner, nachhaltiger Agrotourismus-Betrieb."

Kostas fuhr fort: „Gäste, die die Natur und die Traditionen Kretas schätzen, könnten bei euch auf den Feldern mitarbeiten und das echte Leben in den Bergen kennenlernen. Deine Familie könnte so weiterleben wie bisher - mit den alten Olivenhainen und den Schafen. Gleichzeitig könnte sie von dieser Idee profitieren, indem ihr uns mit landwirtschaftlichen Produkten beliefert. Und wir beide könnten etwas aufbauen, das uns gehört - eine Verbindung zwischen unseren beiden Welten."

Maria blieb still. Der Gedanke wirkte wie ein zarter Lichtstrahl in der Dunkelheit, eine Möglichkeit, die sie zuvor nicht gesehen hatte. „Aber ... wird das genug sein?"

„Es ist ein Kompromiss", sagte Kostas sanft, „aber es ist ein Anfang. Ein Weg, wie wir beide zusammen sein können, ohne unsere Familien zu verraten."

Maria dachte einen Moment nach. Die Idee war verlockend - eine Brücke zwischen den alten Traditionen und der neuen Welt, die Kostas verkörperte. Doch sie wusste auch, dass es nicht leicht sein würde, ihre Eltern zu überzeugen. Und auch Kostas' Familie hatte große Pläne.

„Was, wenn unsere Eltern Nein sagen?" fragte sie leise, und die Sorge war in ihrer Stimme deutlich zu hören.

Kostas lächelte leicht und legte seine Hand auf ihre. „Dann kämpfen wir. Aber wenigstens haben wir einen Plan."

Die Konfrontation

Am nächsten Morgen war die Stimmung im Haus von Maria angespannt. Die Sonne war noch nicht ganz aufgegangen, und der Dunst, der sich über die Berge legte, schimmerte golden im Morgenlicht. Maria saß schweigend am Tisch, das Herz schwer von dem bevorstehenden Gespräch.

Ihr Vater kam herein, das Gesicht wie immer ernst, doch als er Maria sah, die mit gesenktem Kopf dasaß, blieb er stehen. „Was ist los, Tochter?" Seine Stimme war sanft, doch sie spürte, wie er die unausgesprochenen Worte zwischen ihnen las.

Maria hob langsam den Kopf und sah ihm direkt in die Augen. „Vater, wir müssen reden. Es geht um das Land ... um Kostas."

Ihr Vater stellte den Korb, den er in den Händen hielt, beiseite und setzte sich ihr gegenüber. Er wartete, ohne ein Wort zu sagen.

„Kostas und ich ... wir haben einen Vorschlag", begann sie vorsichtig. „Es geht nicht darum, das Land dem Fortschritt zu opfern. Wir könnten profitieren, indem wir kooperieren. Etwas, das sowohl unsere Tradition als auch die Zukunft respektiert."

Ihr Vater runzelte die Stirn. „Was meinst du damit?"

„Agrotourismus", antwortete Maria und hob die Hände, als sie seine Verwirrung sah. „Wir könnten Gäste aus der ganzen Welt einladen, die das echte Leben hier in den Bergen erleben wollen. Sie könnten bei der Olivenernte helfen, das Land schätzen lernen - so wie wir. Es wäre keine Umwandlung des Landes, sondern eine Erweiterung. Durch die Zusammenarbeit würde ein kleines Hotel an der Küste für Kostas Familie ausreichen, die Natur bleibt erhalten. Wir produzieren mehr und liefern unsere Erzeugnisse an das Hotel."

Ihr Vater schnaubte und schüttelte den Kopf. „Touristen auf unseren Feldern? Das ist nicht, was unsere Vorfahren sich vorgestellt haben, Maria. Sie haben dieses Land mit Blut und

Schweiß erhalten, damit wir es eines Tages weitergeben - nicht an Fremde, sondern an unsere Kinder."

„Aber das ist der Punkt!", rief Maria verzweifelt. „Wenn wir nichts tun, werden wir dieses Land verlieren. Irgendwann wird es uns nicht mehr gehören, weil wir nicht mithalten und davon leben können. Mit diesem Projekt könnten wir beides haben: unsere Traditionen und die Möglichkeit, die Zukunft zu gestalten."

Ihr Vater schwieg einen Moment, das Gesicht nachdenklich. Dann stand er langsam auf und ging zum Fenster, durch das man die Berge sehen konnte. „Du redest wie ein Fremder, Maria. So spricht man in der Stadt, nicht hier in den Bergen. Hier halten wir an dem fest, was uns gehört."

Maria folgte ihm mit ihrem Blick, doch sie ließ nicht locker. „Vater, ich weiß, wie wichtig Euch die Erde der Heimat ist. Aber ich liebe Kostas, und wir müssen eine Lösung finden, die uns beiden erlaubt, hier zu bleiben. Wenn du mich zwingst zu wählen, werde ich gehen. Aber das will ich nicht. Ich will hier bleiben, mit dir, mit Mama - und mit Kostas. Wir können das schaffen, wenn du mir eine Chance gibst."

Die Stille, die auf ihre Worte folgte, war fast unerträglich. Ihr Vater stand weiterhin regungslos am Fenster, die Schultern schwer, als trüge er die Last der ganzen Familie auf sich. Dann drehte er sich langsam um und sah sie an. „Ich weiß nicht, ob das funktioniert, Maria. Aber ich werde darüber nachdenken."

Eine letzte Begegnung

Der Streit auf dem Dorfplatz hallte in den kommenden Tagen nach wie ein Echo in den Gassen des kleinen Dorfes. Die Gespräche in den Tavernen drehten sich um das, was gesagt worden war, die Drohungen, die gefallen waren, und die unversöhnliche Haltung beider Seiten. Kostas' Versuch, zu vermitteln, hatte nur einen kurzen Moment der Nachdenklichkeit ausgelöst, bevor die alten Wunden wieder aufgerissen wurden.

Maria fühlte die Kälte der neuen Distanz zu ihrer Familie wie eine Barriere, die selbst durch ihre täglichen Arbeiten auf dem Hof drang. Ihr Vater sprach kaum noch mit ihr, die Mutter wich ihrem Blick aus, und ihre Brüder verhielten sich, als wäre sie eine Fremde. Auch Kostas sah sich zunehmend isoliert. Seine Brüder mieden ihn, und sein Vater sprach mit scharfen Worten davon, dass Kostas die Familie verraten hätte. Es war, als ob sie beide zwischen den Welten feststeckten, ohne irgendwo wirklich dazuzugehören.

Eine letzte Hoffnung führte Maria eines Nachmittags zu dem versteckten Olivenhain, wo sie sich mit Kostas traf. Die alten Bäume raschelten leise im Wind, als sie sich in die Arme fielen, einander suchend wie Ertrinkende. Doch die Verzweiflung lag wie ein Schatten über ihrem Lächeln.

„Wir müssen fliehen, Maria", sagte Kostas schließlich, seine Stimme rau. „Hier wird es niemals anders werden. Lass uns weggehen, irgendwohin, wo sie uns nicht finden."

Maria zögerte. Sie dachte an ihre Eltern, an die Felder, die sie seit ihrer Kindheit kannte, an die Berge, die im Sonnenuntergang leuchteten. „Wohin sollen wir gehen? Und was ist, wenn sie uns doch finden?"

Kostas nahm ihr Gesicht in seine Hände, sah ihr tief in die Augen. „Es gibt keinen anderen Weg mehr. Wenn wir hier bleiben, wird der Hass uns zerdrücken. Aber vielleicht ... vielleicht können wir anderswo eine Zukunft haben."

In dieser Nacht packten sie einige wenige Habseligkeiten und machten sich auf den Weg zur Küste, zu einer alten Fischerbucht, die längst verlassen war. Sie wollten im Morgengrauen ein Boot stehlen und nach Italien übersetzen, in ein Land, das ihnen fremd war, aber vielleicht die Freiheit versprach, die sie auf Kreta nicht finden konnten.

Der Abschied

Als Maria und Kostas in der Nacht aufbrachen, bemerkte Marias Vater bald, dass ihr Zimmer leer war. Im fahlen Licht der Lampe fand er eine flüchtig geschriebene Notiz, die Maria auf einem Stück Papier hinterlassen hatte. Darauf standen nur wenige Worte: „Ich kann das nicht länger ertragen. Wir müssen einen Ort finden, wo uns niemand findet." Diese Nachricht beunruhigte ihn zutiefst, und er weckte sofort ihre Brüder.

Die Brüder wussten, dass Maria und Kostas sich oft an einem abgelegenen Küstenstreifen trafen. Es war ein versteckter Ort, den sie während ihrer heimlichen Treffen besucht hatten. Sie stiegen in ihre Autos und fuhren auf dem schmalen, kurvigen Pfad hinab zum Meer, überzeugt, dass das Paar diesen Ort als Fluchtpunkt gewählt hatte.

Kostas' Familie erfuhr durch ein zufälliges Gespräch in ihrem Dorf von der Suche nach Maria. Es war verblüffend, wie schnell sich eine Nachricht auf der Insel verbreitete. Ein Nachbar, der bei der Konfrontation am Abend zuvor Zeuge war, hatte in Sorge Kostas' Vater informiert: „Ich habe gehört, Maria ist fort. Wenn dein Sohn dabei ist, werden sie vielleicht versuchen, zum Meer zu gelangen."

Beide Familien machten sich unabhängig voneinander auf den Weg. Kostas' Vater und seine Leute fuhren ebenfalls mit ihren Wagen in die gleiche Richtung und erreichten den Ort beinahe zur selben Zeit wie Marias Brüder.

*

Das Meer lag ruhig unter dem blass werdenden Himmel, als Maria und Kostas die Fischerbucht erreichten. Die Sterne verblassten langsam, und die Kälte der Nacht wich dem ersten Hauch des Morgens. Kostas schob ein kleines Boot aus Holz ins Wasser, während Maria nervös zum Rand der Bucht blickte, wo sich die Schatten der Olivenbäume verloren.

Doch noch bevor sie ablegen konnten, hörten sie die wütenden Rufe von Marias Brüdern, die mit Fackeln und Gewehren die schmale, gewundene Straße herabkamen. Hinter ihnen folgten einige Männer aus dem Dorf - darunter Kostas' Vater, dessen Gesicht in der Dunkelheit wie eine Maske aus Schmerz und Zorn wirkte.

„Kostas! Maria!", brüllte Marias ältester Bruder, die Stimme voller Wut. „Kommt zurück! Ihr könnt nicht einfach alles hinter euch lassen! Und es ist viel zu gefährlich mit so einem kleinen Boot."

Kostas sprang vor das Boot und stellte sich ihnen entgegen. „Lasst uns gehen! Wir wollen euch nicht im Weg stehen! Warum reicht euch das nicht?" Seine Stimme bebte, und doch klang in ihr eine ungebrochene Entschlossenheit mit.

Aber die Antwort war nur ein Schuss, der durch die Dunkelheit krachte und die Vögel aus den Olivenbäumen aufschreckte. Ein Schuss, der Maria durchzuckte und sie in die

Knie zwang. Kostas rannte zu ihr, seine Hände drückten verzweifelt auf die blutende Wunde an ihrer Seite, während Tränen über sein Gesicht liefen.

„Nein, nein, nein, Maria ... bleib bei mir! Wir schaffen das, wir schaffen das ...", flüsterte er, seine Stimme brach, während Marias Atem immer schwächer wurde.

Ein bittersüßer Morgen

Die Sonne begann, das Meer in warmes Gold zu tauchen, als Kostas mit Marias Körper in den Armen am Strand saß. Ihre Augen waren geschlossen, ihr Gesicht blass, aber in der Ruhe ihrer Züge lag ein Hauch von Frieden. Kostas drückte sie an sich, wie um sie noch einmal vor der kalten Realität zu schützen, die sich über sie gelegt hatte.

Als die Männer sie erreichten, standen sie still. Marias Brüder senkten ihre Gewehre, entsetzt über das, was sie angerichtet hatten. Kostas' Vater trat schwer atmend näher, sein Blick ungläubig und leer. „Was habt ihr getan?" flüsterte er, als die Bedeutung dessen, was geschehen war, ihn übermannte.

Kostas sah zu Maria hinunter, ihr Gesicht blass, der Atem kaum mehr als ein Zittern in ihrer Brust. „Halte durch, Maria, bitte ...", flüsterte er, seine Stimme ein schwaches Echo in der aufgehenden Dämmerung. Seine Hände lagen immer noch auf ihrer Wunde, und das Blut sickerte zwischen seinen Fingern hervor, aber in den Augenwinkeln sah er, dass ihre Lider sich leicht bewegten.

Ein Hoffnungsschimmer flackerte in ihm auf. „Sie lebt ... Maria lebt noch!", rief er den anderen Männern zu, seine Stimme überschlug sich vor Verzweiflung und einem Hauch neuer Zuversicht. „Helft mir, sie zu retten, ich flehe euch an!"

Für einen Moment herrschte Stille, dann brach die Anspannung wie ein Damm: Marias ältester Bruder kniete sich neben Kostas und half ihm, Maria behutsam aufzuheben, während die anderen das Boot ans Ufer zogen. Selbst Kostas' Vater war wie verwandelt, sein Blick hart, aber nun voller Entschlossenheit.

„Bringt sie ins Dorf", sagte er, und seine Stimme klang rau und gebrochen. „Ich werde den Arzt holen."

Die Männer arbeiteten wortlos zusammen, jeder von ihnen spürte das Gewicht der Schuld und die Last dessen, was sie beinahe verloren hätten. Und während Kostas und Marias Bruder sie in den Wagen von Kostas Vater legten, ihre Köpfe dicht und geschäftig nebeneinander im Schatten des Olivenbaums, schienen sich die alten Verkrustungen im aufkeimenden Morgenlicht aufzulösen.

Ein neues Versprechen

Maria schwebte zwischen Bewusstsein und Ohnmacht, während die Wellen das kleine Boot sanft in die Bucht zurückschoben. Ihre Augen öffneten sich einen Spalt, und in dem Augenblick, als sie Kostas' Hand um die ihre spürte, drang ein leises Lächeln auf ihre Lippen. Ob es eine letzte Regung war oder ein Zeichen, dass noch Leben in ihr war, wusste niemand.

Als sie das Dorf erreichten, warteten bereits Marias Eltern und die Frauen des Dorfes, die die Neuigkeit gehört hatten. Es war, als hätte die gesamte Insel den Atem angehalten. Marias Mutter fiel vor Angst und Erleichterung fast auf die Knie, doch dann packte sie Kostas' Vater an den Schultern, ihre Stimme zitternd. „Lass sie nicht sterben. Helft ihr ... helft meinem Mädchen."

Kostas' Vater nickte stumm. In seinem Blick lag der Schmerz eines Mannes, der nun erkannte, dass ihre Feindschaft nur Zerstörung gebracht hatte.

Der Arzt eilte herbei, und während er Maria versorgte, standen Kostas und die beiden Väter einander gegenüber. Der Wind strich über die Olivenblätter, die das Haus seiner Familie umrahmten, und die Schatten der Vergangenheit schienen sich im Sonnenlicht aufzulösen.

„Wir müssen das ändern", sagte Marias Vater leise, und in seiner Stimme lag ein Flehen, das von tief innen kam. „Wir dürfen nicht so weitermachen."

Kostas' Vater sah ihn lange an, dann reichte er ihm die Hand. Es war eine wortlose Einigung, und zum ersten Mal seit Jahren begegneten sich ihre Blicke ohne den alten Hass.

Ein Rettungswagen fuhr Maria nach der Erstversorgung durch den örtlichen Arzt schließlich ins Universitätsklinikum von Heraklion.

Hoffnung in der Bucht

Wochen später lag die Bucht ruhig unter der wärmenden Sonne, die Olivenbäume warfen ihre Schatten auf das Wasser. Maria war noch schwach, aber sie konnte wieder gehen, gestützt von Kostas' Arm. Sie standen am Ufer und sahen zu, wie Marias Brüder und Kostas' Familie ein neues, gemeinsames Projekt begannen: eine einfache Olivenpresse sollte als erstes entstehen, noch vor dem Bau eines kleinen Hotels.

„Ich dachte, ich hätte dich verloren", flüsterte Kostas und zog Maria behutsam an sich.

Maria lehnte sich gegen ihn, ein Hauch von Lächeln auf ihren Lippen, während sie in die Wellen blickte, die gegen die

Felsen schlugen. „Fast. Aber ich glaube, sie haben es endlich verstanden. Vielleicht ... vielleicht gibt es doch noch eine Zukunft für uns."

Kostas legte einen Arm um ihre Schultern, und zusammen sahen sie hinaus aufs Meer, das in der Sonne funkelte - wie ein Versprechen auf eine neue Zeit.

Der verrückte Taxifahrer

Die Sonne brannte unbarmherzig auf Malia nieder, als ich die staubige Straße Richtung Strand entlanglief. Der Tag versprach heiß zu werden, und ich war in Gedanken versunken, als plötzlich ein lautes Hupen die Stille durchbrach.

Ein silbergraues Taxi hielt neben mir an, und sofort erkannte ich den Fahrer: Nektarios, der chaotische, aber liebenswürdige Taxifahrer, der mich vor zwei Jahren von Malia nach Sitia gebracht hatte. Auf dieser Fahrt redeten wir - oder besser: er - viel, und ich erfuhr, dass er einige Jahre in Deutschland gelebt hatte.

Ein Jahr später begegnete ich ihm zufällig am Taxistand von Malia wieder. Er drückte mir seine Visitenkarte in die Hand - offenbar hatte er sich selbständig gemacht und bot nun seine Dienste als Fahrer an.

„Nektarios!" rief ich überrascht. „Das gibt's doch nicht, du hier? Ist denn Kreta so klein, dass ich dich jedes Mal, wenn ich hier bin, treffe?"

„Kalimera, mein Freund!" antwortete er grinsend. „Ich habe dich sofort erkannt! Bist immer noch der gleiche, oder? Nur etwas brauner geworden! Und nein, Kreta ist nicht klein, es ist das Schicksal, das dich zu mir führt", meinte er in sehr gutem Deutsch.

Ich verdrehte die Augen. Er lachte laut, während sein Taxi brummend im Leerlauf stand. Er hatte einen Fahrgast auf dem Rücksitz, einen bleichen Touristen in kurzen Hosen und mit einer teuren Kamera um den Hals, der etwas verwirrt zu mir herüberschaute.

„Wie geht's dir?", fragte ich, während ich mich leicht vorbeugte, um in den Wagen zu blicken.

„Mir geht's gut, aber keine Zeit! Du siehst doch, ich habe einen Kunden!" Nektarios deutete mit dem Daumen über die Schulter. „Keine Sorge, ich melde mich später. Und denk dran: Wenn du mal wieder eine Tour brauchst, ich bin dein Mann! Ich habe ja mein eigenes Unternehmen. Schau auf die Tür!"

Auf der Tür stand der Name seines Unternehmens: „Nektarios' Taxis" und darunter seine Mobilnummer. Natürlich war es nur dieses eine Taxi, aber in der Mehrzahl klang es größer - und, na ja, besser. Eigentlich hätte ich wetten können, dass er in dem Jahr längst expandiert hätte.

Er legte den Rückwärtsgang ein, winkte mir zu und rief: „Yia sou! Wir sehen uns!" Dann verschwand das Taxi in einer Staubwolke. Ich konnte nicht anders, als zu schmunzeln. Der arme Tourist wusste wohl noch nicht, worauf er sich eingelassen hatte.

*

Der Tourist, ein gewisser Herr Schneider aus Deutschland, lehnte sich im Rücksitz zurück und genoss die Aussicht auf die sanften Hügel Kretas. Nektarios hatte ihm bei der Ankunft am Flughafen von Heraklion versprochen, ihn „ganz schnell und ganz günstig" zu seinem Hotel in Sisi zu bringen. Was er allerdings nicht ahnte, war, dass Nektarios unter „ganz schnell" etwas völlig anderes verstand.

„Mein Freund", rief Nektarios euphorisch nach hinten, „du wirst das echte Kreta erleben, wie es kein Tourist sonst zu sehen bekommt! Wir nehmen die Abkürzung!"

Herr Schneider nickte höflich, hatte aber keine Ahnung, was das bedeuten sollte. Wenige Minuten später bog das Taxi von der Küstenstraße ab und ratterte über eine schmale, kurvige Bergstraße. Die Straße wurde immer enger, und die Kurven steiler. Links und rechts stiegen zerklüftete Felsen auf, und der Abgrund neben der Straße war nicht mehr zu übersehen. Herr Schneider klammerte sich an seine Digitalkamera, während das Taxi über die Schlaglöcher polterte.

„Ähm, Nektarios, ist das wirklich die Abkürzung?" fragte er, als sie an einer Schafherde vorbeibrausten, die sich kaum auf der engen Straße halten konnte.

„Ja, ja, vertrau mir, mein Freund!" rief Nektarios zurück. „Das ist die schnelle Route! Ganz sicher! Und außerdem … siehst du die Aussicht?" Er deutete mit einer Hand auf das weite Panorama, ließ dabei fast das Lenkrad los, was auf Herrn Schneider nicht gerade beruhigend wirkte.

Die Fahrt wurde immer abenteuerlicher, und irgendwann bremste Nektarios abrupt vor einer kleinen Kapelle, die an einer staubigen Kreuzung lag. Vor dem Gebäude hatten sich ein paar festlich gekleidete Dorfbewohner versammelt. „Komm, komm, wir haben Glück! Da ist eine Hochzeit!"

„Was?", fragte Herr Schneider verblüfft, doch Nektarios war bereits ausgestiegen und rief den Dorfbewohnern etwas auf Griechisch zu. Ein paar Minuten später fanden sich der Taxifahrer und sein überraschter Fahrgast mitten im Geschehen.

„Das ist mein Onkel und seine neue Frau", erklärte Nektarios stolz und reichte ihm einen Becher mit selbstgebranntem Raki. „Probier mal, das ist der beste von ganz Kreta!"

Herr Schneider nahm einen Schluck, hustete und schnappte nach Luft. Das Zeug brannte wie Feuer, aber das schien niemanden zu stören. Im Gegenteil, die Dorfbewohner klopften ihm auf die Schultern, und bevor er sich versah, stand er mitten in einem traditionellen Tanzkreis, während Nektarios begeistert mitschunkelte und die Musik anfeuerte.

Nach einer Stunde - oder vielleicht waren es zwei? - wankten die beiden zurück zum Taxi. Herr Schneider fühlte sich wie in einem Traum, seine Kamera voller Fotos von wildfremden Menschen, die ihn umarmten und ihm Blumen ins Haar steckten. Die Rückfahrt verlief dann erstaunlich ruhig, da Nektarios seine „Abkürzung" fortsetzte und dabei weiterhin euphorisch auf die Berglandschaft zeigte.

Als sie schließlich vor dem Hotel in Sisi ankamen, war Herr Schneider schweißgebadet, aber mit einem breiten Lächeln im Gesicht. „Das war ... ein unvergessliches Erlebnis", brachte er hervor, während er aus dem Taxi stieg und sich an die Türklinke klammerte, um nicht umzufallen.

„Das sag ich doch! Nächstes Mal bringe ich dich gleich direkt zu meinem Cousin, der macht noch besseren Raki!", rief Nektarios ihm lachend zu, bevor er mit einem Hupen davonfuhr, auf der Suche nach seinem nächsten Abenteuer - oder zumindest seinem nächsten Fahrgast.

Herr Schneider sah ihm nach, schwankte leicht und entdeckte in seiner Kamera ein verschwommenes Hochzeitsfoto, auf dem er selbst in der Mitte eines kretischen Tanzkreises stand: Die Menschen um ihn hatten sich Schulter an Schulter aufgestellt, ihre Arme über die Schultern der Nachbarn gelegt, während sie im Rhythmus der Musik ihre Schritte setzten.

Die Erinnerung kam wieder ... erst langsam, mit gleichmäßigen Bewegungen, dann immer schneller, als die Musik an Tempo gewann und die Füße im Takt über den Boden flogen. Herr Schneider stand mit einem breiten, unsicheren Lächeln zwischen den tanzenden Dorfbewohnern, die ihn fröhlich anfeuerten, während er versuchte, die schnellen Schritte mitzuhalten.

Es würde die verrückteste Erinnerung seines Urlaubs bleiben - dank eines mindestens ebenso verrückten Taxifahrers namens Nektarios.

*

Am nächsten Tag saß ich gemütlich in einem Café in Malia, als plötzlich Nektarios auftauchte und sich mit einem breiten Grinsen an meinen Tisch setzte.

„Du wirst es nicht glauben, was gestern passiert ist, mein Freund!", sagte er und begann, mir die Geschichte von seiner verrückten Fahrt zu erzählen.

Er gestikulierte wild, als er von der „schnellsten Abkürzung" sprach, die sich durch die Berge windet, und lachte herzlich, als er beschrieb, wie der arme Herr Schneider beim Raki-Prosten fast umgekippt wäre.

Ich hörte ihm zu, den Ellbogen auf den Tisch gestützt, während er seine abenteuerliche Fahrt ausschmückte. „Und am Ende", sagte Nektarios und kicherte, „hat er das Hochzeitsfoto gemacht! Stell dir vor: ein Deutscher mitten in unserer traditionellen Tanzrunde!"

Er zog sein Handy hervor und zeigte mir tatsächlich das Foto: Herr Schneider, etwas wackelig auf den Beinen, mit einem Blütenkranz im Haar, umringt von fröhlichen Dorfbewohnern.

„Das, mein Freund, ist Kreta - immer für eine Überraschung gut!", verkündete Nektarios stolz. Ich musste lachen und erinnerte mich daran, wie er mir vor zwei Jahren dasselbe sagte, als er mich nach Sitia fuhr.

Ich nippte an meinem Kaffee und musste zugeben, dass Nektarios recht hatte: Auf Kreta gibt es immer Überraschungen - und manchmal kommen sie hupend in einem silbergrauen Taxi.

Die vergessene Sonnenliege

Die Sonne brannte schon früh am Morgen auf den Ammos-Beach, einem innerörtlichen Strand direkt bei der Marina in Agios Nikolaos. Der feine, goldene Sand und der umtriebige Ort dahinter lockten jeden Sommer Tausende von Touristen an. Elena, die Besitzerin des kleinen Strandkiosks, war bereits seit einiger Zeit damit beschäftigt, Sonnenliegen und Sonnenschirme zu vermieten. Sie war eine junge Frau mit wachen, braunen Augen und einem breiten Lächeln, das jeden ihrer Gäste willkommen hieß.

Gegen zehn Uhr tauchte er auf: Ulf-Udo, ein deutscher Tourist in geblümten Bermuda-Shorts und einem übergroßen Strohhut, der schief auf seinem Kopf saß. „Guten Morgen, junge Frau!" rief er fröhlich, während er die letzten Schritte zum Kiosk hüpfte. „Einen Liegestuhl, bitte! Und wenn möglich, direkt am Wasser."

Elena lächelte freundlich und überreichte ihm die Nummer zu einer Sonnenliege in der zweiten Reihe. Dauermiete. Herr Schmidt nickte zufrieden und machte sich auf den Weg. Alles schien normal - vorerst.

Am nächsten Tag erschien Ulf-Udo Schmidt wieder am Kiosk. Schweißperlen liefen ihm die Stirn herunter. „Meine Liege ist weg! Jemand muss sie gestohlen haben!"

Elena hob eine Augenbraue. „Das ist unwahrscheinlich, Herr Schmidt. Wir haben hier sehr ehrliche Gäste. Haben Sie vielleicht einfach den Platz verwechselt?" Sie lächelte beruhigend, aber innerlich seufzte sie schon. Das war nicht das erste Mal.

„Nein, nein! Ganz sicher war es dort! In der zweiten Reihe, ich schwöre es!" Er wedelte aufgeregt mit den Armen und schien mit der ganzen Situation völlig überfordert zu sein.

Elena nickte und machte sich mit ihm auf die Suche nach der „verschwundenen" Liege. Nach ein paar Minuten fanden sie sie - zwei Reihen weiter hinten. „Sehen Sie, Herr Schmidt, Ihre Liege hat sich wohl selbstständig gemacht." Sie zwinkerte ihm zu, aber Ulf-Udo schien das nicht ganz zu verstehen. Er setzte sich erschöpft in seinen Liegestuhl und murmelte etwas von „verrücktem Wind".

Doch es blieb nicht bei diesem einen Mal. Am nächsten Tag tauchte Ulf-Udo erneut auf - diesmal mit einem roten Sonnenbrand und einem noch schiefen Strohhut. Wieder dasselbe Drama. „Meine Liege ist weg! Es muss eine Bande sein, die sich hier auf den Strand spezialisiert hat!"

Elena konnte nicht anders, als leise zu lachen, als sie die mittlerweile gewohnte Runde mit ihm drehte. Und tatsächlich, auch dieses Mal fanden sie die Liege - nur ein paar Meter entfernt vom ursprünglichen Platz. Der Wind und die vielen ähnlichen Schirme schienen Ulf-Udos Orientierungssinn jedes Mal auf die Probe zu stellen.

„Sehen Sie, Herr Schmidt, der Strand ist voller Überraschungen", sagte Elena scherzhaft, als sie ihm seine Liege zeigte. Tatsächlich waren abends immer wieder Jugendliche unterwegs, die die Liegen irgendwo hinzogen und feierten.

„Das sag ich Ihnen!" entgegnete er, immer noch überzeugt, dass hier etwas Mysteriöses vorging.

Am vierten Tag hatte Elena genug von den ständigen Rundgängen. Sie wartete bereits mit einem Geschenk auf ihn. Als er wieder einmal panisch mit seiner „verschwundenen" Liege bei ihr auftauchte, drückte sie ihm ein großes, grell-orange-farbenes Strandhandtuch in die Hand.

„Für Sie, Herr Schmidt! Ein Geschenk von uns. Damit Sie Ihre Liege in Zukunft besser erkennen können." Sie zwinkerte ihm zu, und Ulf-Udo, verwirrt, aber dankbar, nahm das Handtuch an. Es war so groß, dass es fast die ganze Liege bedeckte, und trug in großen Buchstaben und in Englisch die Aufschrift: **„Elena's Strandkiosk - die besten Liegen in Agios Nikolaos!"**

Ulf-Udo war begeistert. „Das ist aber nett von Ihnen! Vielen Dank! Jetzt kann ich meine Liege nicht mehr verlieren!"

Er rollte das Handtuch aus und machte sich an diesem Tag besonders breit auf seiner Liege, nun sicher, dass kein „Dieb" ihm seine kostbare Ruhe stehlen würde. Elena beobachtete ihn aus der Ferne und lächelte in sich hinein. Wer hätte gedacht, dass ein vergesslicher Tourist zur besten Werbetafel für ihren kleinen Kiosk werden würde?

Am Abend, als sie den Kiosk schloss, sah sie noch einmal zu Ulf-Udo hinüber, der tief und fest unter seinem riesigen Handtuch schlief. „Bis morgen, Herr Schmidt", flüsterte sie, in der Gewissheit, dass er auch am nächsten Tag für den einen oder anderen Lacher sorgen würde.

Epilog

„Nur wer die Sehnsucht kennt, weiß, was ich leide."
- Johann Wolfgang von Goethe
(*aus „Wilhelm Meisters Lehrjahre", 1795/96*)

Das alte Tor knirscht in den Angeln, als ich es öffne und die Auffahrt des Dionysos Resorts betrete. Ein bekannter Lost-Place auf Kreta. Der Weg ist überwuchert von Gras und kleinen Blumen, die sich durch die Risse im Asphalt gekämpft haben. Staub wirbelt in der warmen Brise, die nach Salz und Trockenheit riecht.

Das Resort liegt da wie ein vergessener Schatz, ein einstiger Traum, der nun zwischen Ruinen und Überresten verblasst. Die einstmals bunten Gebäude sind von Wind und Wetter gezeichnet. An vielen Stellen bröckelt der Putz, die Farbe blättert ab, und manche Fenster sind zersplittert, als hätten die Stürme hier einen erbitterten Kampf geführt. Der überall ersichtliche Vandalismus hat den Rest dazu beigetragen.

Doch zwischen all dem Verfall leuchtet etwas. Ein paar Appartements sind schmuck hergerichtet, kleine Oasen inmitten der Vergänglichkeit. Vor einer Tür hängt eine frische Wäscheleine, an einer anderen flattert ein Sonnenschirm in warmen Farben. Ich sehe Blumentöpfe mit Geranien auf Fensterbänken, höre das leise Klirren von Geschirr aus einem offenen Fenster. Irgendwo summt ein altes Radio, das griechischen Rembetiko spielt, und das Lachen eines Kindes hallt von irgendwoher über den Hof. Hier, zwischen den Überresten, leben Menschen - nicht viele, aber genug, um dem Ort einen Herzschlag zurückzugeben.

Überall streunen Katzen umher, schleichend und schnurrend. Sie sind dünn, aber neugierig, ihre Augen leuchten in einem schimmernden Grün und Gelb. Sobald ich stehen bleibe, versammeln sie sich um meine Beine, reiben sich daran und miauen leise, fast flehend. Sie sind zutraulich, anhänglich, immer auf der Suche nach einer freundlichen Hand, die ihnen ein Stück vom Leben hier abgibt.

Ich folge einem der alten Wege, der hinunter zum Meer führt. Der Boden knirscht unter meinen Schritten, und dann öffnet sich der Blick: vor mir liegt die Küste, das Meer erstreckt sich in einem endlosen Blau, das sich mit dem Himmel vermischt. Die Wellen brechen sich an den Felsen, und das Licht der Nachmittagssonne tanzt auf der Oberfläche. Die Gebäude hier unten sind besonders gezeichnet vom Wetter, ihre Wände rau und erodiert, Fensterrahmen vom Salz zerfressen. Doch trotz ihres Zustands strahlen sie eine wilde Schönheit aus, wie Überlebende eines Sturms, die standhaft geblieben sind.

In der Nähe eines der Häuser sehe ich eine kleine Gruppe von Menschen. Sie haben einen Grill aufgebaut, der Rauch weht in meine Richtung und trägt den Duft von gegrilltem Fisch, Fleisch und Gemüse heran. Sie bemerken mich, winken mir zu, und es dauert nicht lange, bis ich zu ihnen stoße. Sie bieten mir einen Teller an, ihre Gesichter braun von der Sonne und von einem Lächeln gezeichnet, das sowohl Erschöpfung als auch Zufriedenheit in sich trägt. Wir setzen uns auf alte Holzbänke, von denen die Farbe längst verblasst ist, und schauen aufs Meer hinaus.

Ich erfahre, dass sie hier das ganze Jahr über wohnen, auch in den kühlen Wintern, wenn der Wind vom Meer her peitscht und die Wellen sich an den Klippen brechen. Doch die Tage wie heute, erzählen sie, machen es alles wieder wett. Und es gibt Pläne - flüsternde Gerüchte, dass das Resort wiederbelebt werden soll. Eine private Gemeinschaft hat Interesse gezeigt, und vielleicht, vielleicht wird aus diesem vergessenen Ort wieder ein Ort der Begegnung und des Lebens.

Wir sitzen zusammen und sehen, wie die Sonne langsam hinter dem Horizont verschwindet. Das Licht taucht alles in warme Rottöne, die Welt scheint für einen Moment stillzustehen. Der Wind streicht über unsere Gesichter, trägt Geschichten von früher und eine Ahnung von dem, was kommen könnte. In diesem Moment fühle ich mich angekommen, ein merkwürdiges Gefühl der Zugehörigkeit überkommt mich.

Ich blicke auf die Gesichter um mich herum, auf die Menschen, die diesen Ort in ihrer Seele bewahren, die den Verfall als Teil ihres Alltags akzeptieren und trotzdem an eine Zukunft glauben. Die Flamme des Grills glimmt noch, und ich höre, wie jemand sagt: „Vielleicht wird es wieder so, wie es einmal hätte sein sollen. Oder besser."

Ich lächle, lehne mich zurück und betrachte den Himmel, in dem die ersten Sterne erscheinen. Und da ist dieser Gedanke: Vielleicht könnte ich hier bleiben. Vielleicht könnte ich ein Teil dieser neuen Geschichte werden, die aus der Asche eines alten Traums erwächst.